나를 찾아가는 직업

나를 찾아가는 직업

유성은

단절된 꿈을
글로 잇는—삶

마음산책

나를 찾아가는 직업

단절된 꿈을 글로 잇는 삶

1판 1쇄 인쇄	2022년 3월 20일
1판 1쇄 발행	2022년 3월 25일

지은이	유성은
펴낸이	정은숙
펴낸곳	마음산책

편집	권한라 · 성혜현 · 김수경 · 나한비
디자인	최정윤 · 오세라 · 차민지
마케팅	권혁준 · 권지원 · 김은비
경영지원	박지혜

등록	2000년 7월 28일 (제2000-000237호)
주소	(우 04043) 서울시 마포구 잔다리로 3안길 20
전화	대표	362-1452 편집	362-1451
팩스	362-1455
홈페이지	www.maumsan.com
블로그	blog.naver.com/maumsanchaek
트위터	twitter.com/maumsanchaek
페이스북	facebook.com/maumsan
인스타그램	instagram.com/maumsanchaek
전자우편	maum@maumsan.com

ISBN	978-89-6090-731-7 03810

* 책값은 뒤표지에 있습니다.

우리가 세상에 태어난 이유가
'누군가'가 되기 위함이 아니라
살다 보니 '나'라는 존재가 된 것처럼
허락된 날까지
나를 찾아가는 작업을 멈추지 않는 것.

나를 알기 위해,
나의 언어로 기록하기 위해

노련이라는 단어가 더 어울릴 법한 나이에 '첫 출간'이라는 과분한 풋풋함을 선물받았다. 오랜만에 느끼는 이 감정을 멈추게 할 방도가 도무지 떠오르지 않는다.

책을 쓰는 내내 마음이 둥둥 떠다녔다. 지리멸렬이라는 단어로밖에 표현할 길 없던 내 삶에 글쓰기라는 든든한 친구를 얻은 것만도 큰 행운인데, 독자라는 소중한 인연까지 얻게 된다고 생각하니 심장이 터질 것처럼 두근거렸다. 그럴 때마다 두 손가락으로 입꼬리를 꽉 잡았다. 입이 귀에 걸릴까 봐.

그 인연을 첫눈에 내 편으로 만들고 싶다는 조바심이 들지만, 아직은 작가라는 소리를 듣는 것만으로 팔뚝에 스멀스멀 털들이 서는 것을 보면 시간이 더 필요한지도 모르겠다. 노련까지는 아니어도 익숙해질 때까지 말이다.

작가라고 불리는 사람들에게는 남다른 분위기가 있다. 그런 분위기는커녕 호칭조차 어색한 나는 잘 짜인 콘셉트의 표지 사진 안에 나를 밀어 넣는 일조차 어려웠다. 그래서 출판사에 부탁해 표지도 익숙하고 친숙한 우리 동네에서 찍었다.

이 책도 그런 마음으로 썼다. 한껏 멋을 내기보다는 늘 하던 대로 편하게. 어느 오래된 영화에서처럼 정류장에 앉아 내 이야기를 주섬주섬 끄집어내는 마음으로 써 내려갔다. 다른 점이 있다면 이번에는 독백이 아니라 내 이야기를 들어줄 누군가가 있다는 사실이다.

이야기 속 주인공은 유명인이 아니다. 나이에 맞지 않는 SPA 브랜드의 옷을 사 입고 양 볼이 찌그러진 경차를 로시난테처럼 끌고 다니는 남루한 행색의 주인공. 잘하는 것보다 못 하는 것이 더 많은데 그중 제일 못 하는 것이 나잇값인 사람.

주인공의 꿈은 이 크고 넓은 세상에서 나 자신만이라도 온전히 알고 죽는 것이다. 그는 지금까지의 인류가 그래왔듯 자신 또한 그 꿈을 이루지 못하고 소멸해갈 것을 안다. 그럼에도 그 꿈을 이루기 위해, 나를 더 잘 알기 위해 글을 쓴다.

쓰고 또 쓰다 보니 영원히 끝나지 않을 것 같던 길고 긴 겨울이 지나 어느새 내게도 봄이 왔다. 꿈의 결과가 어찌 되든 지금, 여기서 보내는 과정이 즐겁다. 얼마 지나지 않아 작열하는 태양과 기나긴 장마의 여름이 찾아올지도 모르지만.

내가 한 작업은 창작이라기보다 일상 속에 숨겨진 '단서'를 내 언어로 옮겨 적는 일이었을지도 모르겠다. 이 책에는 영화처럼 매혹적인 히로인이 나오거나 소설처럼 극적인 반전이 기다리고 있지 않다. 하지만 내 삶을 기탄없이 쓴 글들이 누군가의 시선을 잡고 공감을 얻어 세상에 나올 수 있는 '존재'가 되었다고 믿는다.

특별하거나 작위적이지 않은 이야기들이 많은 독자에게 편안하고 익숙하게 읽힌다면 더할 나위 없이 기쁘겠다. 나아가 그동안 내가 다른 이들의 이야기를 담은 글과 그림에서 큰 위로를 받은 것처럼, 나의 이야기 또한 누군가에게 작은 위로와 용기가 되어주기를 소망한다.

2022년 3월
유성은

차례

살며시 다가온
운명이란 손님

꿈을 위한 변명

친애하는 나에게

허락된 날까지
나를 찾아서

이제 내가 가지고 있던 문제 한 가지는
확실히 해결한 듯하다.
'태어났다' 다음의 문장도 이어 쓸 수 있다는 것.

살며시 다가온 운명이란 손님

익숙한 그 자리

내 나이 마흔. 내 글이 신춘문예 당선작이 되었다. 처음으로 쓸모 있는 사람이 된 기분이었다. 새해 첫날 아침에 대문짝만하게 찍힌 내 얼굴과 글의 전문, 당선 소감과 심사 평이 인쇄된 신문을 가족들에게 들이밀 때의 우월감이란.

글을 쓰러 다닌다고 할 때 그냥 집에 앉아서 남편 뒷바라지하며 애 잘 키우는 게 상팔자라던 엄마는 신이 나서 사돈의 팔촌까지 전화를 돌리느라 여념이 없었다. 아버지한테는 처음으로 인정이란 것도 받아봤다. 백 마디 말보다 묵직하고 진실됐던 '정말 수고했다'라는 그 한마디.

중앙지 한 면에 광고 없이 글과 당선 소감이 온전히 실리는 경험은 대통령 당선자도 못 하는 거라고 담당 기자가 그러더라, 허세도 마음껏 떨었다. 그때는 등단만 하면 내 삶이 변할 줄 알았으니까. 몰라봐서 죄송했다는 말까지는 아니어도 청

탁받은 원고를 쓰느라 밤을 새고, 키보드를 두드리느라 손톱이 부러질 거라고 생각했으니까.

대학가에서 카페를 운영하는 내 지인은 카페에서 '사장님' 하면 두 명이 쳐다보고 '교수님' 하면 세 명이 쳐다보지만 '작가님' 하면 모두가 쳐다본다며 축하 인사를 전해왔다.

한동안은 직업란에 '주부' 대신 '작가'라고 쓰는 재미로 살았다.

"어머! 작가'님'이셨어요?"

주부로 살며 백화점에서 고급 냄비를 집어 들 때 빼고는 들어본 적 없던 '님' 자가 붙었다. 아, 그때도 '주부님'이 아니라 '고객님'이었던가. 어쨌든 나는 이제 진짜 작가의 삶을 살리라 믿었다. 문제는 그다음 질문.

"무슨 책을 쓰셨어요?"

절로 겸손한 표정이 지어졌다.

글만 쓰면 작가인 줄 알았는데, 당선만 되면 작가인 줄 알았는데 '진짜 작가'의 길은 멀고도 험했다.

물론 출간 제의를 받은 적도 있기는 하다. 신문사에 연락처를 물어봤다며 몇몇 곳에서 제안을 해왔다. 내 글을 시 당선작이나 비평 모음집에 끼워 출간하자거나, 칭찬을 잔뜩 쏟아낸 뒤 다섯 손가락으로 셀 수 있을 만큼의 책을 인세 대신 지급하겠다는 말만 아니었다면 진즉에 계약했을지도 모른다.

당선 소감에서는 늘 그랬듯이 아무도 알아주지 않아도 들꽃처럼 피어 열심히 쓰겠노라 해놓고 혹시나 내 글을 세상에 심어줄 출판사가 없을까 두려워졌다. 책을 내고 싶은 간절한 마음과 무엇을 써야 할지 모르는 내적갈등은 분노로 번졌다. 그 분노가 분열에서 나태로 변할 즈음 한 출판사에서 연락을 받았다. 책을 내고 싶다고. 연락을 받자 설렘보다 걱정이 앞섰다. '어떤 글을 써야할까? 사람들이 읽어줄까?' 하는 걱정보다는 무얼 입고 가야 할지 때문에.

신춘문예 당선 인터뷰 사진은 공식 발표 전, 당선 소식을 들은 늦은 저녁 다음 날 찍었다. 당장 내일 아침이 인터뷰인데 옷장 속을 아무리 뒤져봐도 멀쩡한 옷이라고는 첫아이 유치원 졸업식 때 입었던 옷뿐이라 펑퍼짐한 카멜색 반코트를 입고 찍었다. 거기에 누가 봐도 '학부모'스러운 온화함과 무난함이 두루 갖추어진 베이지색 롱스커트를 받쳐 입었다.

그때는 경황이 없었지만 이번에는 진짜 작가로서의 계약인데 반찬 냄새 풀풀 풍기는 주부의 민얼굴을 출판사에 보여주고 싶지 않았다.

옷장 속 세련된 블랙 블라우스가 떠올랐다. 하지만 한참을 뒤져서 찾아낸 차이나칼라 블라우스는 세월의 흔적으로 '세련'과는 멀게 변해 있었다. 클래식하다 못해 숨이 막힐 것 같아 보이는 그 옷은 어느 장례식에서나 입기로 정리하고, 나는 언젠가 가보리라 마음만 먹었던 마트 위 커다란 쇼핑몰로 향했다.

습관대로 마트가 있는 지하 주차장에 주차하긴 했지만 에스컬레이터는 나를 마트가 있는 지하를 벗어나 반짝이는 조명 아래, 미지의 지상 쇼핑몰로 인도했다.

거대한 쇼핑몰을 몇 차례나 돌았는데도 나는 여전히 빈손이었다. 옷이 예쁘면 내가 안 예쁘고, 옷이 안 예쁘니 나는 더 안 예뻐 보였다. 결국에는 맨 처음 '우와' 하고 감탄했던, 에스컬레이터 바로 옆 매장 입구에 걸려 있던 블라우스를 집어 들었다.

하늘하늘한 하늘색 원단에 주황색 꽃 그림이 그려진 화려한 블라우스. 처음에는 과감한 보색에 도전할 자신이 없어 접었다가 이젠 작가님이니깐 이쯤이야 하며 결제했다. 자유로운 영혼이 되어 순백색의 너른 원고지 위를 훨훨 날고 싶은 나에게 딱 어울리는 옷이었다. 나오는 길에 스타일보다는 가격이 마음에 드는 한 신발 가게에서 신발도 샀다. 신발을 고르는 내내 대한민국 대표 SPA 기업이라는 광고가 귀에 울려 퍼지는 가게에서 내 모습을 거울에 비추어 보면서 나도 대한민국 대표 작가가 되겠다는 포부를 다졌다.

옷이 준비되고 나서는 출판사를 검색해보며 미팅을 준비했다. 혹시 몰라 아직 요구하지도 않은 출간 제안서까지 준

비해 가방에 챙겨 넣었다.

잘 아는 지역이었지만 길눈이 어두워 약속 시간을 지키지 못할까 봐 전날 출판사 답사도 다녀왔다. 마치 주변 친구들은 결혼이다 연애다 다 떠나고, 외로움의 시간만큼 눈은 높아져 주말이면 고고하게 벽지의 무늬나 세다가 가까스로 마음에 드는 상대와의 소개팅을 준비하는 마음으로, 최선을 다해 준비했다.

내가 너무 들떠 있지 않았더라면, 그래서 늦은 저녁까지 잠을 못 이루지 않았더라면, 차라리 밤을 새자 마음먹었는데 이른 아침 봄비가 자장가처럼 내리지 않았더라면, 그래서 결국 늦잠을 자지 않았더라면 완벽한 계획이었을 것이다.

출판사 미팅 날 아침, 늦잠을 잔 나는 결국 헐레벌떡 두 아이를 챙겨 학교와 어린이집에 보내고 지하철을 탔다. 하늘거리는 하늘색 블라우스 대신 장례식에서나 입기로 마음먹은 거무죽죽한 블라우스를 습관처럼 꺼내 입고, 실밥이 풀어지고 가죽이 갈라진 오래된 구두를 꿰신고.

땀범벅이 되어 도착한 회의실에서 출간 제안서는 들이밀지도 못했다. 대표님이 건넨 커피는 잔까지 완벽했고 그들의 계획은 매우 합당했으니까.

나에 대한 이야기를 써보면 어떻겠냐고 물었다. 신춘문예 당선 이후 직업란을 주부에서 작가로 고쳐왔지만, 본인의 직업이 무엇이라고 생각하냐는 질문에 나는 한 치의 망설임도 없이 '주부'라고 실토했다.

"그렇죠!" 내가 정답을 맞혔나 보다. 그렇다면 주부로서 글을 쓰는 삶을 써보면 어떻겠냐는 것이었다. 내 계획은 그게 아니었는데. 남편이나 아이들 이야기는 쏙 빼고 요즘 대세라는 여행기와 에세이를 적절하게 섞어 쓰고 싶다는 말은 쏙 들어갔다.

처음 받아보는 출간 계약서에 홀랑 도장을 찍기 아쉬운 마음에 나는 계약서를 받아 들고 출판사를 나왔다. 너무나 익숙한 옷을 입고 너무나 익숙한 골목을.

나는 출판사에서 돌아와 이 글을 쓰고 있다. 난생처음 받아보는, 내게는 집문서보다 더 소중한 출간 계약서를 가슴에 꼭 안고 돌아와서. 계약서에 도장도 찍기 전에. 무릎이 튀어나온, 늘어났지만 편하고 익숙한 옷으로 갈아입고. 익숙한 내 자리에서.

뼛속까지

오늘도 먼 길을 돌고 돌아 책상 앞에 앉는다. 책상 옆 등산로와 맞닿은 창문 너머 보이는 인터넷으로 주문한 장미. 새끼손가락만 했던 모종은 매일 한 마디씩 쑥쑥 크더니 어느새 꽃이 만발한 나무가 되었다. 욕심 사납게 꽃을 가득 쥐고 있던 가지는 결국 무게를 견디지 못하고 꽃잎을 바람에 내어준다. 골목으로 장미 꽃잎들이 우수수 떨어진다. 아스팔트 바닥으로, 동네 어르신 모자 위로. 우리 집 앞을 걷는 이들은 꽃길을 걷게 되겠지만, 집 앞 도로를 치워야 하는 내 입장에서는 달갑지만은 않다.

창문 앞에 책상을 두는 것은 좋지 않다. 여름에는 작열하는 태양을, 겨울에는 오래된 벽에서 뿜어대는 웃풍을 온몸으로 받아야 하니까. 그나마 그건 좀 낫다. 날씨가 좋은 봄이면 꽃구경에, 가을이면 떨어지는 낙엽에 자꾸 시선과 마음을 뺏겨 글 소득이 안 좋은 날이 허다하다.

　동화작가였던 할아버지는 언제나 2층 다락에서 글을 썼다. 다락은 사방이 책으로 뒤덮여 있었는데 바닥에도 어른 무릎에 닿을 만한 높이까지 책이 쌓여 있었다. 종유석 밑, 자라나는 석순처럼.

　유일하게 책이 없는 가운데 부분으로는 작은 오솔길이 나 있었는데 그 길은 오로지 창문 앞, 할아버지의 철제 책상으로만 통했다.

　신기하게도 할아버지가 노환으로 거동이 불편해져 서재에 출입하지 못할 때부터, 견고했던 다락 바닥은 조금씩 주저앉기 시작했다. 지어진 이후 줄곧 할아버지와 함께 호흡했던 서재. 할아버지와 다락 서재의 관계는 소라와 소라 껍데기, 칼과 칼자루 같은 것이었나 보다. 알맹이가 사라져버리면 존재의 의미를 잃는 관계. 나는 어렸을 적, 그 방에 자주 갔다. 그 방이 좋아서. 그 방 주인이 좋아서.

　할아버지가 '끙' 하고 추임새를 넣으면 그건 할아버지가 집중하고 있고 글이 어느 정도 써지고 있다는 뜻이었다. '에헤' 하면 잘 안 풀린다는 신호였다. 할아버지 책상 옆에는 언제나 오색 사탕이 든 파란 사탕 깡통이 있었는데 할아버지는 '에헤' 하는 추임새 후에 어김없이 사탕을 하나 집었다. 사탕 깡통에서 사탕 굴러가는 소리가 나면 식사 시간을 알리는 종

소리에 반응하듯 귀를 쫑긋 세우고 놀이를 잠시 멈췄다. 나는 오색 사탕 중 하얀색을 가장 좋아했다. 그래서 할아버지는 하얀색이 아닌 다른 색을 골랐다. 할아버지가 사탕 깡통을 내미는 것은 소소한 일이었지만 그 순간에는 언제나 숨이 멈출 것 같았다. 집게손가락이 여러 색의 사탕 위에서 갈등하는 동안 할아버지는 한 번도 재촉한 적이 없다. 내 손가락이 돌고 돌아 결국에는 하얀색 사탕을 집으리란 것을 알았으면서도.

할아버지 서재에는 간지러움을 유발하는 수천수만 가지의 알레르겐이 있었지만 그곳에서의 시간을 조금도 방해하지는 못했다. 쉰에 아동문학가라는 새로운 인생을 시작한 할아버지는 여생을 누구보다 열심히 썼으나 글로는 큰 명예도 돈도 얻지 못했다. 그런 할아버지에 대한 기억은 머릿속이 아닌 내 뒷덜미 어딘가에 심겨 지금도 오래된 책 냄새를 맡으면 기억이 간질간질 피어오른다. 가끔은 참을 수 없을 정도로 간지럽게. 작가라는 할아버지의 직업은 요즘 흔히 하는 말로 '가성비'가 매우 좋지 않은 직업일지도 모르겠지만, 내 일생에 큰 영향을 미친 것만은 틀림없다.

우리 엄마는 작가라는 직업에 동경 같은 것이 있었다. 가내사에는 무심했어도 시집살이로 고생하는 엄마에게 늘 자상했던 할아버지 때문이었는지 아니면 문학에 대한 막연한 환상 때문이었는지는 모르겠지만, 엄마는 내가 할아버지처럼 글과 관련된 직업을 가졌으면 했다. 하지만 나는 화가가 되고 싶었다.

국제기구에서 일하게 된 아버지를 따라 나는 중고등학교 시절을 프랑스에서 보냈다. 아버지는 가난한 독립운동가 집안, 그마저도 피난 때 다 북에 두고 온 집안에서 태어났다. 가난한 아버지와 형제들은 신여성이자 선생님이었던 할머니의 가르침대로, 터전을 잃은 사람들이 살아갈 길은 공부뿐이라고 믿었다. 나라에서 국비장학생을 선출해 해외로 보내던 시절, 아버지는 일 년에 세 명이라는 경쟁률을 뚫고 프랑스로 건너가 박사학위를 받았다. 가방끈이 긴 만큼 총명한 아버지는 당시 흔하지 않은 프랑스어가 무기가 되리라는 것을 잘 알고 있었다. 그래서 프랑스어를 한마디도 못 하는 나를 프랑스 현지 학교에 보내기로 했다. 아버지가 당부했다. 다른 과목은 못해도 좋지만 프랑스어만은 완벽하게 공부하라고. 하지만 영리한 아버지도 모르는 것이 있었다. 자식 일은 그렇게 마음대로 되지 않는다는 것.

프랑스로 건너간 지 얼마 안 지나 프랑스어로 뚝딱뚝딱 논문을 써낸 아버지와 다르게 내 성적은 평균을 밑돌았다. 아니, 평균을 매우 밑돌았다. 아버지가 중요하다고 말했던 프랑스어는커녕 동양인이라면 으레 잘하리라 기대하는 과목, 수학마저. 다만 미술은 달랐다. 미술은 나를 낙제에서 구제

해준 유일한 과목일 뿐 아니라 삶의 돌파구였다.

미술 시간, 나는 답답하고 외로운 마음을 그림으로 표현했다. 선생님들은 박수를 쳐줬다. 아직도 기억나는 성적, 만점과 함께 적혀 있던 단 한마디.

'브라보!'

주제를 이해하지 못했을 뿐인데 선생님들은 내가 역발상의 그림을 그렸다고 생각했던 것 같다. 예술에 정답이 어디 있겠는가. 어느 날은 내 작품이 학교 대표로 구청에 걸리기도 했다. 물론 가족들은 대수롭지 않게 여겼지만.

자신감을 얻은 나는 더 열심히 그렸다. 역사 시간에도 수학 시간에도, 그리고 아버지가 중요하다고 말했던 프랑스어 시간에도. 공책에도 교과서 귀퉁이에도 필통에도. 그래서 내 공책에는 필기보다 그림이 더 많았다.

그림에 대한 내 열정은 누구도 예상하지 못한 국가부도, IMF 사태를 맞으면서 끝이 났다. 아버지의 발령이 갑자기 종료된 것이다. 한국에 왔을때 나는 고등학교 2학년 2학기를 앞두고 있었다.

불문학과.

다음 해, 미술대학에 진학할 꿈에 부풀어 있던 나는, 대학 입학원서에 부모님이 나와 상의 없이 적은 네 글자의 의미를 물었다.

"그림은 안 돼. 배고파. 차라리 글을 쓰렴."

로맹 가리의 자전소설 『새벽의 약속』의 한 부분이 떠올랐다. 로맹 가리의 모친도 그에게 재능이 전무한 바이올린과 발레를 시키며 본인의 예술적 갈망을 실현하려고 했지만, 유독 남다른 재능을 보였던 미술만은 반대했다. 그의 모친처럼 우리 부모님도 선입견이 있었던 것 같다. 그림과 망한 인생은 한 쌍을 이룬다는.

　엄마는 내가 프랑스어를 할 줄 안다는 이유로 글을 썼으면, 그것도 신문사 같은 데서 글을 썼으면 하고 바랐다. 나는 엄마가 언론 관련 학과나 문예창작학과보다는 친숙할 거라며 입학원서에 적은 대로 불문학과에 입학했다.

　하지만 불문학은 역시 글을 쓰는 것과는 관련이 없었다. IMF와 함께 자랐던 시대. 대학에 들어간 나는 동기들처럼 새로운 꿈을 꾸게 되었다. '취업'이라는 꿈이었다. 그 꿈 또한 내 것이 아니라는 사실을 깨달은 건 졸업하기 전 취직한, 그래서 동기들의 시기 어린 부러움을 한 몸에 받았던 직장을 6개월 만에 때려치웠을 때였다.

　실의에 빠진 나를 아버지는 북악산 위의 한 경양식집에 데려갔다. 부모님이 신혼여행을 가기 전에 들렀다는 그곳에서 아버지는 나에게 와인을 건네며 사회생활이 다 그렇게 어려운 거라고, 다른 직장에 가게 되면 새로운 마음으로 시작하라고 격려해주었다. 모르는 게 없는 아버지도 그때 그것만큼은 몰랐다. 그날의 퇴직이 앞으로 다섯 번이나 이어질 퇴직의 서막이 되리라는 것을.

'뭐라고 쓰지?'

하얀 화면 위의 커서가 깜빡거리며 자꾸 나를 재촉한다.

'에헤.'

별로 쓴 것도 없는데 벌써 머리에 쥐가 날 것 같다. 아무래도 나는 아버지의 명석한 두뇌는 물려받지 못했나 보다. 멍하니 창밖을 바라본다. 그래도 풀리지 않는다. 집 안으로 고개를 돌린다. 남편이 고등학교 때 부모님과 만들었다는 거대한 책장이 눈에 들어온다. 아홉 번의 이사에도 살아남은, 남편이 목숨처럼 지고 다니는 책장에는 내가 산 책들이 몇 권꽂혀 있고 그중에는 이제 얼마 남지 않은 할아버지의 선물도 있다.

할아버지는 눈만 마주치면 내게 책을 선물했다. '월간'으로 시작하는 아동문학잡지부터 무명작가가 보내온 동화책까지. 글쓰기에 관심이 없고 아동문학에는 더더욱 관심이 없던 이십대의 나는, 할아버지가 책을 줄 때마다 몸을 뒤로 빼고 손사래를 쳤지만, 내 뒤에 서 있던 엄마는 그 책들을 모두 받아 집에 챙겨 왔다. 그때는 정말 몰랐다. 내가 이런 가성비 좋지 않은 직업에 몸을 담게 될 줄이야.

할아버지가 선물해준 시집 한 권을 꺼내 들었다. 한쪽 귀퉁이에 시내 유명 서점 이름과 날짜가 보였다. 어느 날, 언질도 없이 날아온 소포에는 책을 고르고 소포를 보내는 수고에 비하면 너무 간략한 글씨가 녹아 있었다. 손끝 떨림까지 느껴지는 할아버지 글씨체로.

성은이에게
할아버지가

그 글씨를 보고 있으면 왠지 할아버지가 내 이름을 불러주는 것 같다. 내가 그때 감사하다고는 했던가, 기억을 더듬으며 휘리릭 넘겨 펼쳐봤다. 유자효 시인의 「아침 송」이 눈에 띄었다.

길의 끝은 안개 속으로 사라지고
여행에서 돌아온 자는 아직 없다
두려워 말라
젊은이여
그 길은 너의 것이다 *

아, 젊은이. "뼛속까지 내려가서 써라"라는 표현이 떠올랐

* 유자효, 「아침 송」, 『한국인이 가장 좋아하는 명시 100선』 (2011, 민예원).

다. 내 글은 뼛속은커녕 피하지방도 뚫지 못했는데 나는 벌써 뼈가 시린 나이가 되었다. 지켜야 할 것도, 역할도 많아진 나이. 그리고 핑계도 많은 나이.

검색창을 열어 시인에 대해 찾아봤다. 방송기자이자 시인. 조화롭지 않은 두 가지 직업을 적절히 해낸 이가 엄마의 바람과 내 콤플렉스의 근원인 것 같아 샘이 났지만 그래도 용기가 생겼다. 할아버지가 글을 쓰기 시작한 나이에 비하면 아직 나는 젊지 않은가.

고개를 숙여 키보드를 누른다.

척척척. 글자가 맞춰진다. 제법이다. 하지만 잠시 후 다시 백스페이스를 누른다.

'에허.'

달달함이 필요한 순간이다. 동네 구멍가게와 함께 자취를 감춘 파란 통의 오색 사탕 대신 창고형 마트에서 사온 대용량 사탕을 하나 꺼내 입에 넣는다. 달달한 사탕을 좋아하는 걸 보니 내 몸에 할아버지 피가 흐르는 것이 분명하다. 나중에, 오랜 후에, 그곳에서 할아버지를 다시 만나게 되면 묻고 싶다. 내가 당신처럼 글 쓰는 직업에 몸담게 된 것을 어떻게 생각하는지.

어느 수학자의
고통 대처법

　새벽 2시. 남편이 숙면을 취하고 있는 나를 흔들어 깨운다.

"나, 아파."

　얼마 전 라디오에서 들은 이야기가 생각난다. 집에 있을 때 여자들은 침대에서, 남자들은 소파에서 대부분의 시간을 보내는 것 같다고. 만약 남자가 침대에 누워 있으면 그건 아플 때라고. 그 이야기를 들으며 나는 크게 웃었다. 우리 집 이야기 같아서. 그런데 이 남자, 지금 내 옆에 누워 있는 걸 보니 아픈 것이 틀림없다. 눈이 저절로 떠진다. 뇌리에 요즘 유행하는 감염증이 스쳤기 때문이다. 벌떡 일어나 이마를 짚어본다. 식은땀의 스산함이 단잠의 달콤한 끝맛까지 앗아가버린다.

"아니, 열이 나는 게 아니고……."

　말을 뱉어낼 때마다 남편의 얼굴이 일그러진다.

우리는 서로 통화를 잘 안 한다. 그다지 필요를 못 느껴서. 가끔 반찬이 마땅치 않은 날, 냉장고 앞에 서서 저녁은 어떻게 할지 물을 때 하는 것이 전부다. 출장을 가면 그런 것조차 물을 필요가 없어 통화할 일이 거의 없다. 기껏해야 아빠를 보고 싶어 하는 아이들을 대신해 전화를 걸어주며 나누는 인사 정도.

한 달 전 그날은 남편의 출장 일정이 끝나는 날이었다. 나는 오랜만에 집으로 돌아오는 남편을 위해, 솜씨를 발휘해볼 요량이었다. 먹고 싶은 건 없는지 물으러 냉장고 앞에서 남편에게 전화를 했다.

뚝. 전화가 끊겼다. 나는 문자로 용건을 전했다.

'밥은?'

잠시 후, 답 문자가 도착했다.

'응급실이야.'

아침 댓바람부터 이게 무슨 일이람. 곧바로 통화 버튼을 눌러봤지만 이번에는 전화가 꺼져 있었다. '언제, 어디서, 무엇을, 어떻게, 왜'까지는 아니더라도 '누가'는 밝혀야 하는 거 아닌가? 본인이 아프다는 건지 동행을 했다는 건지 알 수 없어 수만 가지 상상을 했다.

남편의 연락만 기다리다가 초조해진 나는 결국 본가에 전화해서 상황을 설명했다. 남편이 응급실이라는데 무슨 일인지 모르겠고 연락도 안 된다, 출장지로 가봐야겠으니 와줄 수 있냐고. 나보다 남편을 더 좋아하는 우리 엄마는 이미 응급실의 첫 음절 '응'에서 정신을 놓아버렸다. 엄마를 기다리는 동안 나는 아이들의 식사와 다음 날도 돌아오지 못할 경우를 대비해 학교 준비물을 챙겨놓았다. 미룰 수 있는 일정도 미뤄두고 막 집을 나서는데 문자가 왔다. 남편이었다.

'저녁은 밖에서 먹고 갈게.'

응급실이라는 문자를 받은 지 반나절 만이었다. 기가 막혀 남편에게 전화를 했다.

"당신, 뭐야?"

씩씩거리는 나에게 남편은 별일 아니라는 듯 말했다. 새벽에 너무 아파서 구급차를 불러 응급실에 갔는데 요로결석이라더라, 그래서 응급실에서 쇄석술을 받았다, 지금은 괜찮으니 할 일 다 마치고 늦게 들어가겠다.

머리끝까지 화가 났다. 아니 하루 종일 무슨 일인가 싶어 온갖 상상을 다 하면서 기다리다가 결국 대한민국 땅의 반이 넘는 거리를 달려가려던 사람은 생각도 안 하고, 2박 3일에 걸쳐 이야기해도 모자랄, 이렇게 스릴 넘치고 재미있는 이야기를 단 두 줄로 요약해서 말하다니. 그마저도 내가 전화를 안 했다면 한마디로 끝맺었을 것이다.

'괜찮아.'

그다음 주, 나는 남편을 데리고 결석이 빠졌는지 확인하러 동네 병원에 갔다. 주사를 맞고 몇 번에 걸쳐 엑스레이를 찍었는데 결석은 아직도 남편 배 속에 있었다. 다시 쇄석술을 받아야 할 것 같다고 했다.

"평소 물을 많이 안 드시나 봐요? 물을 많이 드셔야 해요."

"많이…… 어떤 기준으로 많이요?"

상대적이고 애매한 개념의 수 '많이'라는 단어 때문인지, 확률을 믿지 않는 순수수학을 연구해 실비보험을 들지 않아 큰돈을 지불하게 된 것에 짜증이 났는지 모르겠지만 나는 남편의 말투에서 뾰족함을 느꼈다. 뾰족함이래봤자 평소 성인군자 뺨을 후려칠 만큼 착하다 못해 답답한 그를 잘 아는 나만 느낄 수 있는, 과속방지턱 정도의 뾰족함이었지만.

3리터. 남편이 고개를 끄덕였다. 의사는 그의 방광에 표류하고 있는 돌덩이의 엑스레이사진을 보여주고는 쇄석술을 준비하겠다며 일어났다. 그런 의사에게 남편은 쇄석술을 받지 않고 그냥 가겠노라 했다. 의사가 세상 당황한 표정으로 물었다.

"왜요?"

10년 전, 남편을 몰랐다면 나도 그렇게 물었겠지. 하지만 나는 어렴풋이 그의 계산을 읽을 수 있었다. 그에게 확률은 언제나 50퍼센트다. Yes or No.

― 통증이 있는가?

— No.

— 아플지 안 아플지 모를 미래를 위해 현재의 30만 원을 지불하겠는가?

— No.

남편은 결국 내 고집과 의사의 권유에 못 이겨 쇄석술을 받았다. 쇄석술을 마친 의사는 돈이 아깝다는 남편의 표정을 읽었는지, 재발하면 시술 비용을 할인해준다는 사실을 알려주었다. 그것도 50퍼센트나. 그러니 참을 만한 진통이 오면 응급실에 가지 말고 처방해준 진통제를 먹은 후 아침까지 기다렸다가 자기 병원으로 다시 오라고 했다.

내 단잠을 깨우고 고통을 호소하던 남편은 식은땀을 흘리며 진통제를 삼켰다. 눈금이 있는 물통을 찾아 하루에 3리터 가까운 물을 마시면서도 물을 따를 때 눈금에 완벽하게 맞추지 않은 것을 후회하면서. 나는 손으로 그의 식은땀을 닦아주며 내심 안도했다. 아프긴 해도 다른 사람에게 옮기는 건 아니니까. 냉정하게 들릴지 몰라도 아이가 있는 집이라면 누구나 공감할 것이다. 아픈 건 어쩔 수 없으나 옮기는 건 용서할 수 없다. 그건 나에게도 해당되는 일이다. 아니, 우리 가족 모든 구성원에게 해당되는 이야기다.

24시간 요로결석.

얼마 전 집과 멀지 않은 곳에서 마주쳤던 빨간 네온사인이 떠올라 남편에게 그곳 이야기를 했다. 빨리 가서 쇄석술을 받자고 남편을 재촉했지만 그는 고통스러워하면서도 고개를 가로저었다.

이른 새벽, 진땀을 흘리고 있는 남편의 머릿속에서는 이런 프로세스가 작동되지 않았을까?

— 아픈가?

— Yes.

— 죽을 만큼 아픈가?

— Yes.

— 지금 쇄석술을 받지 않으면 죽는가?

— No.

— 야간 할증과 할인을 못 받아 두 배가 족히 넘을 시술비를 지불하는 것이 아까운가?

— Yes, Yes, Yes!

시간이 지날수록 방광의 어느 구멍을 막아버린 결석은 남편의 혈색을 점점 더 창백하게 만들었다. 결국 남편이 참지 못하고 말했다.

"응…… 응급실에 좀 데려다줘."

응급실은 집에서 그리 멀지 않았다. 하지만 늘 주차 공간이 부족한 서울 시내 빌라 주차장에서, 이 새벽에, 엉킨 실타래를 풀듯 각 층 각호에 전화를 돌려 차를 빼달라고 하는 것은 예의를 떠나 불가능에 가까워 보였다. 용케 차를 뺀다 해도 곤히 잠든 아이들을, 내일 일찍 학교에 가야 하는 큰딸과 다섯 살 난 작은딸을 한 명씩 옮겨 차에 태우기도, 그렇다고 어린아이들만 집에 두고 가는 것도 무리였다.

"여보, 택시 불러줄게. 택시 타!"

'택시'라는 말에 남편의 미간에 줄이 하나 더 늘었다. 사십 대 중반의 남성으로 약간의 강박과 엄청나게 내성적인 성격을 지닌 사람. 깨알같이 적힌 기호들과는 중얼거리며 대화하지만 학생들과의 상담, 아니 고객님과의 일대일 응대를 본인의 일과 중 가장 힘들어하는 어느 수학자는 택시 타는 것을 무서워한다. 왜냐고? 낯선 사람이랑 한 공간에 단둘이 있어야 하니까. 그것도 돈을 버는 상황이 아니고 돈을 내야 하는 상황이라면 더욱 더.

남편은 식은땀으로 흠뻑 젖은 어깨에 여행객마냥 커다란 배낭을 꿰차며 말했다.

"그냥 걸어갈게."

쇄석술을 받지 않고 동네 병원을 나서려던 지난날처럼, 나는 남편에게 화를 내고 휴대전화 앱을 열어 택시를 불렀다. 택시는 저 아래, 지금은 불이 다 꺼졌을 번화가에서 나의 콜을 받았다. 액정에 보이는 지도 속 화살표는 택시의 위치를 나타내고 있었다. 그 화살표는 화살보다 더 빠르게 '동그라 미 속 숫자 30, 어린이 보호, 노인 보호' 같은 하얗고 노란 문 구가 잔뜩 적힌 골목길에는 합당하지 않은 속도로 우리 집을 향해 돌진해 왔다.

택시는 남편을 싣고 어두운 골목길을 빛의 속도로 빠져나 갔다. 그리고 3분도 지나지 않아 평가 창이 떴다. 무사히 도 착했다는 뜻이다. 나는 남편이 병원에 도착했다는 사실보다 무사히 택시에서 내린 것에 더 안심했다.

'휴.'

이미 달아나버린 잠을 애써 잡으려 하지 않고 아이들 옆에 누웠다. 난리 통에 뒤척이는 아이들을 토닥였다. 역시 아이 들은 잘 때가 제일 예쁘다.

잠보다 더 달콤한 아이들의 숨결이 척박한 내 살결과 영혼 을 촉촉하게 적셨다. 물론 아이들이 눈을 뜨는 순간 소나기 에 솜사탕 녹듯 사라질 달콤함이었지만. 아이들 옆에 누운 지 30분 정도 지났을까? 나의 단꿈을 깨운 것은 '삐비빅' 하 는 소리였다.

'아, 내가 너무 피곤하구나.'

이명이라 생각했다. 남편의 검은 그림자가 내 앞에 모습을 드러내기 전까지는.

다음 날 아침, 지난 새벽 응급실에 도착하니 진통제 효과로 통증이 사라져서 집까지 그냥 걸어왔다는 그를 나는 동네 병원에 다시 데려갔다. 통증이 애매하게 와서 잠자기 힘들다며 책을 꺼내 들고 그 좋아하는 수학 세계에서 밤을 꼬박 지새운 그는, 병원 문이 열리기를 기다렸다가 50퍼센트 할인된 금액으로 쇄석술을 받았다. 집으로 가는 길, 그는 어느 때보다 만족스러운 표정으로 잠들어 있었다.

엡실론만 한 진실이라도

남편에게 앞의 요로결석에 대한 글을 보여주니 고개를 좌우로 저었다.

"이건 소설이야."

남편은 처음 동네 병원을 방문했을 때가 일주일이 아니라 2주 후였다는 점, 내가 함께 병원에 들어가지 않고 병원 앞에서 자신을 내려줬다는 점, 물 3리터를 마셔야 한다는 말은 의사가 아니라 많이 마셔야 한다기에 본인이 직접 인터넷으로 용량을 찾아봤다는 점 등을 문제로 들었다.

"자기야, 내가 쓰는 건 신문 기사가 아니라 에세이야. 그리고 이건 거짓이 아니야. 문학적 허용이지."

남편은 끝내 마음에 들지 않는지 문학적 허용의 범위를 검색창에 쳐보았다. 수학자인 남편에게 세상의 명제는 단 두 가지의 결론을 도출할 뿐이다. 거짓과 참.

"그때 주먹만 한……"이라며 내가 사람들한테 이야기하고 있으면 남편은 그 옆에서 "그렇게 안 컸어. 기껏해야 4센티미터"라며 크기를 바로잡아준다. 그러면 이야기에 몰두하고 있던 관객들의 반응도 시들해지고 나도 흥이 다 깨져버려서 내가 언제 당신 주먹만 하다고 했냐? 나는 아기 주먹 이야기한 거다, 라며 이야기를 마무리해버린다.

또 하나, 남편의 이야기에는 반전이 없다. 세상 모든 재미있는 이야기에는 반전이 있다. '알고 보니'가 그 반전의 열쇠인데 남편은 지독한 스포일러다. 첫 문장에서 결론이 나오니 모든 이야기가 두괄식 문장으로 시작하는 논문 같다.

다시 남편이 동네 병원에 방문했던 날로 돌아가보자. 아침에는 남편의 결석을 확인하러 병원에, 저녁에는 시댁에 가기로 한 날이었다. 병원 예약 시간 전에 막간을 이용해서 남편과 창고형 매장에 갔다. 입구 쪽에 있는 의류 코너. 가족사진을 찍을 때 보니 시아버지는 캐주얼이 잘 어울리는 것 같아서 나는 남편에게 아버님 드릴 옷을 골라보라 하고 먹을 것을 사러 식용품 코너로 갔다. 한 바퀴를 다 돌고 왔지만 남편은 아직도 옷을 고르고 있었다. 그가 옷을 고르는 기준은 디자인이 아니라 가격, 좌우 대칭, 바느질이다.

괜찮아 보이는 옷이 있길래 어떠냐고 묻자 남편은 고개도 안 들고 '글쎄?'라고 답했다. 진지하게 양쪽 소매 길이를 맞춰보는 남편을 보니 결국 아무것도 사지 못할 것 같아 얼른 그 옷을 카트에 담았다.

쇼핑을 마무리하고 병원으로 향했다. 그런데 주차장이 기계식이었다. 얼마 전 뉴스에서 나온 이야기가 떠올랐다. 기계식 주차장에서 일어난 사고. 남편은 내가 기계식 주차장에 주차하는 것을 두려워했다. 내 걱정보다는 초보인 내가 행여 위험한 돌발 행동을 할까 봐여서인 것 같았지만.

병원 앞에서 남편을 내려줬다. 주차할 곳을 찾아 헤맸으나 주부인 나에게 익숙한 곳은 역시 마트뿐이었다. 이미 창고형 마트를 다녀온 터라 딱히 살 것은 없었다. 그러다 내 발길이 멈춘 곳은, 늘 흥미롭지만 바빠서 지나쳐야 했던 세제·목욕 용품 코너였다.

탈모 전용 샴푸.

나보다 스무 살은 많아 보이는데 여전히 스무 살의 굵고 풍성한 머리숱을 지닌 영업 사원의 꼬드김에 나는 3년간 매일 쓰고도 남을 샴푸를 담았다. 계산을 마치고 첫째를 데리러 갈 시간이 다 되었는데도 남편이 오지 않아 전화를 걸었다.

"어디야?"

내가 묻자 남편은 짜증 섞인 목소리로 '지금 가' 하고는 끊었다. 한참을 더 기다리니 그가 씩씩거리며 차에 올라탔다. 남편의 몸에는 아직도 돌이 있어서 다시 쇄석술을 받아야 한다고 했다. 조형술을 위해 어마어마하게 많은 양의 주사액을 맞았는데 다음번에 쇄석술을 하게 되면 그 큰 주사를 또 맞아야 한다며 볼멘소리를 했다.

"그러면 오늘 그냥 하지 그랬어?"

"당신이 오랬잖아."

"내가 언제?"

"어디냐고 전화했잖아."

"……."

"그리고 비싸……."

남편에게 욕을 한 바가지 퍼붓고 그를 다시 병원 앞에 내려줬다. 시간이 별로 없어 법을 위반하지 않는 선에서 최고 속도로 밟아 첫째를 데리러 갔다. 하지만 이미 교문 앞은 한산했다.

첫째를 20분이나 늦게 학원에 데려다주고 나니 남편에게서 연락이 왔다. 시술을 마친 남편이 영상회의가 있다고 해서 급한 대로 김밥을 사다주고 내 책상을 치워 회의 공간도 만들어줬다. 그리고 나도 좀 먹으려는데 벌써 첫째를 다시 데리러 갈 시간이 됐다. 아이는 학원에 늦게 도착한 만큼 더 늦게 나왔다. 아차! 오늘은 가정방문 선생님이 오시는 날인데.

집에 도착하니 선생님이 거실에 어색하게 서 있었다. 남편은 문을 열어준 후 앉으시라고 권하지도 않고 곧장 방으로 들어가 문을 닫았을 것이다. 뒤늦게 문자를 확인해보니 선생님에게서 어색함이 가득 담긴 문자가 와 있었다. '어머님……

어디 계세요.'

어린이집에서 둘째를 데려오니 오후 4시가 넘은 상황. 아직 저녁 일정, 시댁 방문이 남아 있었다. 집을 나서려는데 남편이 그제야 씻고 가야겠단다. 남편에게 시댁에는 연락했는지 물어보니 4시 넘어서 출발한다고 이미 문자를 보내놨고, 시어머니도 볼일 다 보고 천천히 오라고 했단다. 겨울에도 하루에 두 번씩 씻는 남편인데, 찝찝한 상태로 나섰다가는 또 싸울 것 같아서 그냥 그러라고 했다. 티격태격하다 더 늦느니 빨리 씻고 나가는 게 좋겠다 싶었기 때문이다. 화창한 5월의 금요일 오후, 차는 집 앞부터 밀렸다.

"너희들 뭐야?"

7시가 넘어 시댁의 문턱을 넘었을 때, 초인종 소리 뒤에 들려오는 메아리가 벌써 싸늘했다.

"늦으면 늦는다고 연락을 했어야 할 것 아니야!"

차라리 화를 내는 시어머니가 덜 무섭다. 러닝셔츠 차림의 시아버지는 텔레비전에 시선을 고정한 채 돌아보지도 않았다. 셔츠를 벗어 던질 만큼 기분이 매우 언짢다는 뜻이었다. 나는 허둥지둥 단톡방을 확인했다.

남편의 문자, '4시쯤에 출발할게요.'

어머니의 답 문자, '볼일 다 보고 해.'

10년 전의 나였으면 섭섭했을 것이다. 꿈쩍도 안 하는 차

안에 앉아 아이들의 온갖 생떼를 다 받아내며 겨우겨우 도착했는데 문전박대라니. 하지만 나는 이제 제법 노련한 10년차 며느리다. 임원까지는 아니라도 팀장급은 된다. 시댁은 사회생활이다. 아무리 바빴어도 더블 체크를 했어야 했다. 그리고 문자 속 보이지 않는 고객의 마음까지 읽었어야 했다. 문자가 다르게 읽혔다. 문자의 '볼일 다 보고 해'는 '어디 한번 볼일 다 마치고 와봐'였다. 효자이면서 애처가인 남편은 양쪽 눈치를 보며 어쩔 줄 몰라 하고 있었다. 이때 필요한 것이 바로 경력이다.

"아휴. 저 진짜 속상해요."

가방을 최대한 쿵 내려놓으며 시선을 사로잡았다.

"아니, 오늘 말이죠……."

나는 사실은 남편이 뒤늦게 샤워를 하는 바람에, 그것도 룰루랄라 때까지 벗기면서 하는 바람에 늦었다는 이야기 대신 남편의 요로결석 이야기를 했다. 상세하고 현실감 있게. 뺄 것은 빼고 넣을 것은 조금 더 키워서. 어느 정도 무르익었을 때 반전을 터뜨렸다.

"그런데, **알고 보니** 돌이 그대로 있다는 거예요, 글쎄."

그리고 한숨을 쉬었다. 이야기는 하이라이트를 향해 갔다.

"아니, 그깟 돈이 뭐라고. 비싸다고 쇄석술을 안 받고 왔지 뭐예요. 요로결석이 얼마나 아픈 건데……. 가족한테는 돈 아까운 줄 모르면서 자기 몸은 그렇게 하대하니 제가 얼마나 속상하겠어요."

이쯤 하니 시부모님의 노여움이 아들을 향한 애잔함으로 바뀌었다. 그리고 대망의 하이라이트, 아침에 고른 셔츠를 '짜잔' 하고 펼쳐 들었다.

"본인한테는 그렇게 인색하면서 아버님 새 옷은 이렇게 또 사고."

새 셔츠를 입은 시아버지와 시어머니를 모시고 식사를 하러 갔다. 저녁은 성공적이었다.

늦은 저녁 집으로 돌아오는 길, 아이들은 뒷자리에 앉아 잠이 들어버렸다.

"여보, 정말 고마워."

남편이 말했다. 시부모님 성격에 내가 아니었으면 아직도 살얼음판이었을 거라고.

"나 잘했지. 예뻐?"

"세상에서 제일 예쁘지."

"그럼…… 몇 살 같아 보이는데?"

나는 선바이저를 열어 작은 거울로도 속이 훤히 보이는 빈약한 내 정수리를 들여다보며 물었다.

"스물다섯 살."

"뭐야. 진짜로 말해봐. 화 안 낼게."

"진짜 스물다섯 살. 나 생각 안 하고 곧바로 대답한 거 알지? 스물다섯 살. 무조건 스물다섯."

그 말이 완벽한 진실이 아니라는 것쯤은 알고 있다. 하지만 매우 작은 무언가를 표현할 때 쓰는 남편의 표현처럼, 그의 마음이 0에 가까운 임의의 작은 양수 엡실론만 하더라도 사실에 기반한 것이라면 그냥 믿어주기로 했다.

언저리에서

"너 그러다가 진짜 죽어."

그러다가 죽어도 상관없다고 생각했던 스무 살 언저리. 나는 대학 시절 가죽보다 청 테이프 지분이 더 많았던 동아리방 소파에 앉아 담배를 피워댔다. 담배 연기가 눈에 들어갈 때면 마스카라로 정성스레 칠해 올린 속눈썹을 찡그리며.

'언젠가 네 글이 세상의 틀이 된다.'

대학 새내기 시절, 글을 쓰고 싶다기보다는 주황색 동아리방 문에 시멘트로 쓰여 있던 글귀가 멋있어서 문학 동아리에 가입했다. 내 글이 세상의 기준이 될 수 있을 거라 믿었던, 꼭 글이 아니라도 사회에 나가면 '나'라는 존재가 세상에 어떤 중요한 장치가 될 거라 생각했던 어린 날이었다. 그때 나는 한 가지 확고한 생각에 사로잡혀 살았다.

'난 절대 엄마처럼 살지 않을 거야.'

언젠가 엄마 앞에서 내리꽂았던 그 비수 같은 말이 내 삶의 예언이 될 것을 모른 채. 이제 내 학번과 태어난 연도가 같은 아이들은 대학생이 됐고, 나는 길거리에서 담배 피우는 사람들을 째려보는 두 아이의 엄마가 되었다.

여기까지 썼는데 아이들이 너무 조용했다. 아이들이 집에 있는데 글을 다섯 줄 이상 쓸 수 있다는 것은 좋지 않은 신호다. 문을 열어보니 아니나 다를까 녀석들은 방바닥에 피부용 크림을 부어 맨발로 스케이트를 타고 있었다. 어제 산 대용량 크림이 바닥을 드러낸 채 나뒹굴고 있었다.

'껍데기는 가라.'

신동엽 시인의 시가 떠올랐다. 작은방에서 거실 입구까지 향기로운 기름기만 남았다. 그 거대했던 크림의 껍데기를 하루 만에 분리수거하게 될 줄이야. 분리수거를 하며 시를 읊어보는 때가 내 삶에서 유일하게 시를 음미하는 시간이 될 줄이야. 죽음의 냄새조차 맡은 적 없는, 영원히 푸르리라 믿었던 이십대 때는 상상도 못 한 일이다. 하지만 엄마는 그때도 알고 있었던 것 같다. 내가 엄마 가슴에 내리꽂은 비수에 응수했던 엄마의 말을 잊을 수가 없다.

"넌 나중에 꼭 너 같은 딸 낳을 거야."

흡수가 잘 된다더니 바닥에 밀착된 크림은 잘 지워지지도 않았다. 크림을 뒤엎은 것보다 화가 나는 것은 첫째의 당당한 태도였다.

"내가 닦을게. 내가 다 닦아놓을게. 책임지는 것도 경험이고 훈련이야."

"맞아, 언니 말이 맞지?"

책임이라는 단어의 뜻도 잘 모르면서, 두 딸은 이미 바닥에 도포된 크림을 닦는 척하면서 조금이라도 더 가지고 놀려고 수작을 부렸다.

이럴 때는 죽이 잘 맞는 네 살 터울 자매. 나도 언니랑 네 살 차이였지. 스무 살 언저리. 젊음을 핑계로 술을 퍼마시고 밤늦게, 아니 새벽 일찍 귀가하면서 우리 자매도 똑같은 말을 했다. 노는 것도 다 경험이고 공부라고. 엄마는 그때도 그렇게 우리 남편들 걱정을 했다. 재구성하자면 대충 이런 말이었다.

"제정신이 아닌 딸들아. 누가 너희를 데려갈지 아주 걱정이 되는구나."

대학을 졸업하고 뒤늦게 질풍노도의 시기를 맞은 나는 마지막 직장을 때려치우고 번역 아르바이트 같은 것으로 생계를 유지하고 있었다.

"나는 절대 아빠 같은 사람이랑 결혼하지 않을 거야. 아니 결혼을 안 할 거야."

내가 마지막으로 그런 이야기를 했을 때 엄마도 수긍했다.

"그래그래, 넌 그냥 결혼 같은 거 하지 말고 글 쓰면서 멋지게 살아."

그 후 6개월, 나는 씌어도 단단히 씌어 좁쌀영감, 아니 우리 아버지와 매우 비슷한 남자와 결혼하겠다며 그를 집에 데리고 왔다.

겨우 집 정리를 마치고 잠시 앉았는데 다섯 살 된 둘째가 밖에 나가자고 보챘다. 아이는 벌써부터 집에 있으면 큰일이 나는 줄 안다. 나가기 싫었지만 첫째가 멍하니 모니터 앞에 앉아 있는 걸 보니 차라리 데리고 나가는 게 낫겠다 싶었다. 그러나 밖에 나가고 싶은 둘째의 울음소리에 비례해 집에서 동영상을 보고 싶은 첫째의 고집은 더 커졌다. 어떻게든 수습해 현관에 섰지만 늦은 오후, 나의 정신력과 체력은 이미 바닥을 치고 있었다.

한번 나오면 집에 들어갈 줄 모르는 아이들 덕에 네 시간을 밖에서 버틴 나는, 공동 현관에 들어서면서 영과 혼이 분리되는 것 같은 기분을 느꼈다. 빨리 밥해 먹고 쉬고 싶었다. 그런데 방금 전까지 배가 고프지 않으니 집에 안 들어가겠다던 아이들이 현관에 도착하자 복도를 메운 치킨 냄새에 흥분해서 거의 울부짖다시피 했다.

"치킨, 치킨."

"안 돼."

"왜 안 돼?"

"얼마 전에 먹었잖아."

"얼마 전에 먹었으면, 왜 안 돼?"

답은 '비싸'였지만 나는 건강을 이유로 들었다. '짬밥'이 좀 되는 첫째는 내 그럴싸한 이유에 고개를 끄덕이며 빠르게 포기했으나 둘째는 목 놓아 치킨을 부르며 복도에 주저앉았다. 그 모습을 보던 첫째의 눈빛이 갑자기 바뀌더니 사명감에 불타오른 듯 집 안으로 뛰어들어 갔다.

"엄마, 내가 밥하고 있을게!"

얼마 전에 배운 밥을 해보고 싶었던 것이다.

"안 돼! 안 돼! 하지 마. 오늘은 아무것도 하지 마!"

내가 다급하게 말했지만 이미 첫째는 집 안으로 모습을 감춘 후였다.

둘째를 끌고 겨우 집 안으로 들어섰다. 문 앞에는 허물 벗듯 하나씩 벗어놓은 첫째의 옷이 주방으로 이어졌다.

'아뿔싸!'

싱크대에는 수챗구멍 가득 박힌 생쌀과 달걀 껍데기가 나뒹굴고 있었다.

'내가…… 아무것도 하지 말랬지!'

분노가 목구멍까지 차올라 그 말이 나오려는 것을 가까스로 삼켰다. 아이에게 아무것도 하지 말라는 말보다 더 나쁜 말은 없다는 아동 전문가의 단호한 음성이 뇌리에 스쳤기 때문이다. 자존감, 자기효능감 같은 것은 사소한 집안일을 성공하면서 생기는 거라고. 아이의 사소한 집안일 때문에 겨우 청소한 주방은 엉망이 되었지만.

'긍정적으로 생각하자.'

하긴 집에 들어왔을 때 이렇게 고소한 밥 냄새를 맡은 게 얼마 만이던가. 나는 화를 내는 대신 웃으며 말했다.

"우와, 우리 딸이 밥을 했구나. 대단한데."

달걀찜을 하려고 아이가 깨서 휘저은 달걀물 속에는 깨진 껍데기가 좀 보였지만 그 정도면 훌륭했다. 이윽고 취사가 완료되었다는 알림. 허기진 속을 달래며 허겁지겁 밥솥을 열어 밥을 풀 때는 고소한 냄새에 감동해서 눈물까지 흘릴 뻔했다. 물을 넣지 않아 쌀이 생으로 쪄졌다는 것을 깨닫기 전까지는. 나는 누구나 실수를 할 수 있는 거라며 아까보다 더 크게 웃어 보였다. 그런데 입만 웃고 미처 눈빛 레이저는 숨기지 못했던 모양인지 결국 아이는 울음을 터뜨렸고, 우리는 저녁으로 치킨을 먹었다.

밤 11시. 편안하고 친절하게 재우겠다는 전날의 다짐이 무색하게 나는 결국 협박과 윽박으로 아이들을 재웠다. 무한 반복 그림책 읽기의 지옥에서 겨우 빠져나온 나는 칼칼한 목을 만지며 소파에 드러누웠다.

할 일이 남았지만 너무 힘들어서 헛구역질이 났다. 위로가 필요했다. 통화 목록을 살피다가 장 여사, 엄마한테 전화를 걸었다.

"엄마, 나 진짜 죽을 거 같아."

기다렸다는 듯이 엄마가 말했다.

"야, 야, 말도 마라. 나는 장가도 안 간 도련님 넷에 시부모님, 시할머니까지 모시고 살았어. 그때 얼마나 힘들었는지 내가 화장실에서 죽으려고 수건으로 목을 감싸고……."

갑자기 주객이 전도되어 나는 가만히 누운 채 엄마의 한 맺힌 시집살이 이야기를 들어주며 엄마를 위로했다. 아, 따뜻한 위로 한마디 듣기가 그렇게 어려운가? 나는 나중에 딸들한테 전화가 오면 그러지 말아야지. 그런데, 이것들이 나한테 전화나 할까?

남편이 들어왔다. 땀 냄새는 많이 나도 겉은 멀끔해 보였다. 남편을 처음 만났을 때가 떠올랐다. 비루먹은 강아지마냥 허옇게 떠 있던 남편의 피부는 이제 나보다 윤기가 더 흘렀다. 그 모습을 보고 나는 벌떡 일어나 아이 크림을 가져와 발랐다.

더럽고 찢어진 동아리방 소파에 앉아서 화려하고 멋진 꿈을 꾸던 스무 살의 나. 그 후 20년이나 지났지만 나는 여전히 아이들의 발자국 때로 얼룩져 동아리방 소파만큼이나 더러운 소파에 앉아 있다. 멋진 꿈을 꾸는 대신 깜빡 졸다가 가위에 눌리며. 하긴, 이 소파도 몰랐겠지, 자신의 운명을. 때가 잘 타는 베이비핑크색 원단의 '이런' 소파는 처음부터 우리 집과는 어울리지 않았다. 물론 소파를 살 때는 우리 집이 '이런' 집이 될 줄 몰랐지만.

자세를 잡다가 보조등에 머리를 부딪혔는데 코앞의 텔레비전 속 세상은 내 어떤 움직임에도 동요하지 않았다.

세상을 자동차로 생각해보면 사람마다 자신의 역할이 있을 텐데, 내게 맞는 위치는 무엇일까? 반짝여 보이는 연예인들은 앞 유리나 전조등쯤 될 것 같고, 중요한 결정을 하는 사람들은 핸들, 영향력 있는 사람들은 엔진이 되겠지. 나는 얼마 전 운전석 바닥에 굴러다니던 플라스틱 나사 하나를 찾았다. 지금은 콘솔박스에서 오랜 시간을 보내고 있는 그 나사는 자동차 카펫과 발판 어딘가를 연결하는 부속품이리라. 하지만 차가 굴러가는 데는 어떠한 영향도 주지 않아 무심하게 보관만 하고 있다.

'그래, 난 바로 그 부품이야!'

생각해보니 내 위치가 그렇다. 자동차의 일부긴 한데 존재가 크게 느껴지지 않는 부속품. 그 증거는 내 일상의 어떤 몸짓도 세상의 흐름을 조금도 바꾸지 못한다는 데 있다. 그렇다면 내가 설거지를 한 번 안 한다고 해서, 글을 하루 안 쓴다고 해서 무슨 일이 일어나겠는가? 거기까지 생각이 미치자 소름이 돋았다. 내가 이런 생각을 하다니. 보기보다 나는 똑똑하다.

꿈이 많아 조급했던 젊은 날의 나와 지금의 나에게는 다른 점이 있다. 주름과 함께 여유라는 것이 생겼다는 점이다. 오늘을 닦달해서 어찌될지 모를 내일을 살지 않는 것. 그것은 무리한 다음 날이면 어김없이 찾아오는 몸의 이상 때문에 강제로 생긴 여유였다.

나는 가까스로 일으켰던 몸을, 더러워서 오히려 발까지 쭉 편안하게 누울 수 있는 소파 위에 눕혔다. 그리고 하지 않기로 했다. 설거지도 글쓰기도. 어차피 오늘 못 한 일은 내일 하면 되니까. 도리어 작은 나의 영향력에 감사하며, 사회의 조그마한 부속품으로 사는 것 또한 나쁘지 않다 생각했다.

그러게나 말입니다

"아빠는 왜 엄마랑 결혼했어?"

골똘히 생각하던 다섯 살 딸이 물었다. 어린이집에서 가족과 결혼에 대해 공부하고 있는 모양이었다. 다섯 살치고는 꽤나 날카로운 질문을 던진 후 둘째는 답을 기다리며 아빠를 빤히 바라봤다.

남편이 뭐라고 답할까 나도 궁금했다. 맞은편에 앉아 수저를 뜨던 남편은 또 수학 세계 어디 저편으로 가버린 건지, 무심한 성격 탓인지 아무 말 없이 반찬만 집고 있었다.

"아빠?"

다섯 살 아이의 재촉에 남편이 대답했다.

"글쎄……."

마침내 고개를 든 남편은 세 여자의 시선이 모두 자기에게 향해 있는 것을 확인하고는 다시 물었다.

"질문이 뭐였어?"

이번에는 첫째 딸이 내 얼굴을 빤히 쳐다보며 물었다.

"엄마, 엄마는 왜 아빠랑 결혼했어?"

어디서부터 잘못됐을까? 프랑스 명품 브랜드 유통회사에 브랜드와는 매우 거리가 멀어 보이는 백팩과 운동화 차림으로 출근했을 때부터일까? 아니면 대학교를 졸업하고도 타성에 젖어 인간 본질에 집착한 나머지, 현실을 너무 가볍게 여긴 것이 문제일까? 화장품 파우치 대신 알베르 카뮈의 『시지프 신화』를 들고 출근했던 나는 회사에 잘 적응하지 못했다.

"글을 쓰려고."

부서 스케줄조차 공유하지 않던 사수 때문에 부서를 옮기고, 옮겨간 부서에서는 본인 브랜드의 일을 경쟁하듯 떠넘기는 과장과 차장의 기 싸움에 눌려 회사를 그만두는 것이었지만 이유를 묻는 동갑내기 동료에게 나는 그렇게 말했다.

"정말 잘 생각했어. 전공을 살리는 것도 좋지. 너랑 잘 어울려."

전공. 학교는 다르지만 같은 불문학과를 나와, 같은 회사를 다니는 그녀의 입에서 나온 말치고는 앞뒤가 맞지 않았다. 화장실에서 울고 나온 나를 마주친 적이 한두 번이 아닐 텐데, 모두가 다 아는 이유를 구태여 묻는 까닭은 확인이 하고 싶어서였을 것이다. 어떤 핑계가 있어야 그만둘 수 있는 건지.

나는 글을 쓰는 대신 첫 번째 회사보다 돈을 더 많이 주는 회사를 찾았다. 어차피 팔아먹을 영혼이라면 돈이라도 많이 받는 게 현명하다고 생각했기 때문이다. 물론 오래가지 못했다. 세상에 공짜는 없었고 내 영혼의 값은 생각보다 값지지 않았으니까. 짧은 시간 동안 겪은 더러운 경험에 비해 너무 적은 보수였다.

직장을 짧게 옮겨 다니며 마지막으로 면접을 본 곳은 아프리카 북서부 어느 나라의 대사관이었다. 나는 그 나라에 대해 불어권 나라라는 점 외에 아는 것이 별로 없었다. 면접은 대사大使와의 대면 면접, 필기시험으로 이뤄질 거라 했다. 대사는 몇 가지 질문을 하더니 나에게 하얀 종이와 볼펜 한 자루를 주었다. 과제는 단순했다. 나에 대해 쓰기. 단, 볼펜으로 쓰고 틀려도 지우지 말 것. 틀린 것도 보고 싶음. 그게 필기시험이었다. 낯선 환경이 문제였는지 주제가 문제였는지 모르겠지만 시험 답안지에 소설을 써오던 문과생으로서도 참 쓰기 힘든 글이었다.

'나는 태어났다.'

첫 문장을 적었다. 그런데 그다음에는 뭐라고 써야 하나?

지이익. 줄을 긋고 다시 썼다. 이번에는 날짜까지.

'○○○○년, ○○월, ○○일, 나는 태어났다.'

문장이 조금 더 길어졌다. 하지만 정신을 차렸을 때 시간은 반이나 줄어 있었고 여전히 나는 한 줄밖에 못 쓴 상태였다. 뭐라고 썼는지 기억도 나지 않는다. 열 줄도 채우지 못했다는 것밖에. 대사는 내 망설임을 대변해주는 볼펜 똥과, 줄이 그어져 있어 매끄럽게 읽히지 않는 문장이 적힌 답안지를 받아 들고는 한심한 표정을 감추지 않았다.

"나중에 연락드리죠."

당연히 연락을 기다리지 않았다. 마음에 들지 않은 소개팅을 끝내고 예의상 건네는 멘트 같은 거라고 생각했다. 그런데 놀랍게도 그곳에서 연락이 왔다. 나에게까지 기회가 온 것은 아마 면접을 보러 온 숱한 사람들의 글도 내 것과 별반 다르지 않았기 때문이 아니었을까?

"당신에게 기회를 주겠어요."

허나 나는 그 '기회'를 받아들이지 않기로 했다. 내 비루한 인생을 좀 더 그럴싸하게 만들고 싶다는 생각이 들었기 때문이다. 다시 말해, 나는 스물일곱 살에 백수가 되었다.

엄마는 그런 나만 보면 한숨을 쉬었다. 그러고는 내 사회생활의 실패 원인을 신생아 때 앓았던 '심실중격결손'으로 단정 지었다.

"애가 어렸을 때부터 심장이 약하더니……."

워낙 경증이라 내 인생에 미친 영향은 미미해 보였지만 엄마는 그 병이, 강하지 않은 내 지구력의 원흉이라 굳게 믿는 듯했다. 하지만 아버지는 그 말에 반기를 들었다. 전쟁 통에 태어나서 두 살 때 삼팔선을 넘었다는 아버지는 모든 원인을

'등 따습고 배가 불러서'로 축약했다.

"요즘 애들은 노력을 할 줄 몰라."

이렇든 저렇든 두 분은 내가 문제라는 것에는 합의를 본 모양이었다.

『그리스인 조르바』에 빠져 있던 그때의 나는, 거울에 비친 내 모습이 그렇게 초라해 보일 수 없었다. 보수적인 집안에서 태어나 보수적인 삶을 살아온 내게서 자유를 찾아볼 수 있는 곳이라고는 고작 삐뚤빼뚤한 치아뿐이었으니까. 결혼자금을 털어 산투스를 산 조르바처럼, 나는 후회 없는 삶을 살아보기로 했다.

곧장 부모님께 미국으로 유학 간 동갑내기 사촌을 만나러 가겠다고 했다. 나는 그길로 도망을 갈 생각이었다. 전 세계를 여행하며. 평소 엄하기만 한 아버지는 너무 고생하지 말라고 지금까지 두둑하게 챙겨주면서 의외로 너무 쉽게 내 일탈에 힘을 실어주었다.

"많이 보고 많이 느끼고."

떠나는 내 뒷모습을 보며 아버지는 환한 미소를 감추지 않았다. 빨리 돌아오라는 말씀도 없었다. 나는 은퇴를 앞두고 심란한 아버지 눈앞에서, 잠시나마 '나'라는 골칫거리를 자발적으로 치운 것에 뿌듯함을 느꼈다.

동갑내기 사촌은 미국의 어느 한적한 대학가 마을에 머물고 있었다. 며칠만 눈여겨보면 동네 사람들의 일거수일투족을 다 알 수 있을 것 같은 작은 마을. 나를 찾아, 자유 어쩌고 하며 온갖 허세를 다 떨면서 떠나오긴 했지만 나는 세계 일주의 꿈을 단 3일 만에 포기했다. 세상은 너무 위험해 보였고, 무엇보다 부모님으로부터 도망쳤으니 딱히 다른 곳으로 갈 필요성을 못 느꼈기 때문이다. 내 일상은 한국에서와 별반 다르지 않았다. 한국에서도 미국 시간대에 살고 있었던 '저녁형' 인간이라 특별히 시차 적응을 위해 노력하지도 않았다. 이미 익숙해진 백수 생활. 집 밖으로 나서기에 나는 너무 게을렀고 밖은 너무 추웠다.

내가 아주 평화롭게 미국에서의 삶을 즐기는 동안 새벽기도로 하루를 시작했던 전형적인 '아침형' 인간, 미국에서도 한국의 시간을 살고 있던 나의 사촌은 그런 내가 불편했을 것이다. 그녀는 구석에 몸을 숨기는 고양이처럼 나가는 것을 싫어하는 나를 방구석에서 꺼내기 위해 부단히 노력했다. 운동 같은 미끼가 역효과만 내자 어느 날은 새로운 미끼를 던졌다. 동네 치킨 가게, 맥주와 닭 날개 튀김을 파는 그곳에서 그를 만났다. 사촌의 '교회 오빠'를.

그는 사촌과 함께 있던 나를 기억했지만 나는 그를 본 기억이 없었다. 그는 짧은 대화에서조차 내 눈을 마주치지 못했다. 맥주 한잔 못 마시는 남자는 내 이상형과는 거리가 멀었

음에도, 그 지루한 동네에서 내가 마주친 가장 흥미로운 대
상이었음은 분명했다.

"오빠, 내가 세상 나쁜 놈의 술 다 마셔줄게요. 오빠는 좋
은 것만 해요."

내가 조르바처럼 호기롭게 외쳤다. '오빠'에는 약간, 코맹
맹이 소리를 섞어서. 술기운에 그렇게 말했지만 그 말은 술
도 안 마신 그의 귀를 빨갛게 물들이기에 충분했다.

그를 다시 만난 것은 크리스마스 저녁 예배가 끝난 후였다.
행사가 끝나자 사람들은 모두 자리를 뜨기 바빴는데 유독 내
눈에 띈 한 사람, 그는 혼자 지갑에서 카드를 꺼내 바닥을 긁
으면서 굳어버린 촛농을 치우고 있었다.

눈이 마주치자 그의 얼굴이 또 빨개졌다. 무료했던 나는
그를 가만히 내버려두고 싶은 생각이 조금도 없었다. 조르바
였다면 이렇게 말했을 것이다.

"두목, 이제 바닥이나 긁는 일은 그만 때려치워요. 그냥 바
닥을 더럽혀요! 크리스마스잖아요!"

나는 사촌을 구슬려 그를 집으로 초대하자고 했다. 누군가
를 진지하게 만날 상황도 아니었으니 깊이 엮일 생각은 없었
다. 그냥 그날은 크리스마스였고 수수한 얼굴에 어울리지 않
는 그의 성난 근육을 바닥이나 긁는 데 쓰는 것이 안타까웠을
뿐이었다. 한 번쯤, 그의 몸을 휘감고 있는 베갯잇 같은 이성

을 벗겨버리고 자유를 느끼게 해주고 싶었다. 그는 '도비'가 아니라 인간이니까. 그것도 남자 인간.

마지못해 사촌이 그를 초대했다. 이따가 집으로 놀러오라고 하자 그는 어느 때보다 밝은 표정으로 그러겠다고 했다.

딩동. 문을 열었을 때, 그는 눈치도 없이 다른 대학원생, 그러니까 학문의 노예가 된 도비 친구를 둘이나 더 데리고 문 앞에 서 있었다.

눈치가 없는 건지 나에게 반하지 않은 건지 더 이상 궁금하지도 않을 무렵, 그가 불쑥 저녁을 사주겠노라 했다. 아니, 정확하게는 미국에 왔으니 미국식 레스토랑을 소개하겠다고 했던 것 같다. 그때는 이미 그가 수학에 인생을 걸고 장학금으로 유학 온 가난한 대학원생이라는 것과, 외로움 따위는 매일 세 시간의 운동으로 불살라버리는, 평범한 남자라고 하기는 어려운 어떤 '존재'라는 것을 알아버린 후였다. 그래서 나는 당연히 그와 보낼 저녁이 '로맨틱'보다는 '유익함'에 가까울 거라 생각했다. 별 기대 없이, 그를 기다렸다. 그가 평소 입던 파란색 파카 대신 감색 블레이저를 입고, 눈이 무릎 위로 쌓인 겨울에 작정하고 구했을 빨간 장미를 내밀기 전까지는 그 약속을 데이트라고 생각하지 못했으니까.

"그러게 말이야……."

아빠와 왜 결혼했냐고 묻는 질문에 나는 의문인지 푸념인지 알 수 없게 말끝을 흐리며 답했다. 그리고 말을 이었다.

"운명이었을까?"

"빠바바밤."

첫째가 베토벤의 〈운명〉의 첫 소절을 따라 했다. 운명이 문을 두드리는 소리를 표현했다지. 그것이 운명이었을까? 하필이면 내가 외로운 시기에 그가 거기 있었고, 하필이면 서로에게 매력을 느꼈고, 하필이면 그때 내가 조르바를 사랑해서 나의 동물적 감각이 활짝 열렸을 때 우리가 만난 것이. 그런데 그 운명이란 놈은 어차피 문을 두드릴 거였다면 잘 좀 두드릴 것이지. 사람 헷갈리게 두드린 듯 안 두드린 듯 두드려서 확인을 위해 결혼이라는 도박을 하게 만들다니. 아직도 그와의 만남이 운명인지는 모르겠지만 이제 함께 걸어가야 할 필연이 되었음은 확실하다.

"아, 왜 엄마랑 결혼했냐고? 예뻐서. 예뻐서. 엄마가 눈부시게 예뻐서."

남편이 뒷북을 쳤다. 답이 너무 늦어서 설거지를 면하기는 어려울 것 같지만.

귀한 손님

남편과 나는 일 년의 장거리 연애 끝에 결혼을 했다. 아니, 연애보다는 열애에 가까웠다. 서로에게 집중하느라 주변의 어떤 것도 보이지 않았으니까. 그 대가로 우리는 어느 누구보다 더 잔인한 신혼을 보내야 했다. 사랑의 끝이 결혼이라는 착각으로 인해, 결혼은 현실이고 사랑은 유약하다는 사실을 잊고 말았던 것이다.

졸업과 동시에 고학력 백수가 된 남편, 그리고 경력이 단절된 나. 현실은 냉혹했다. 사랑이라는 추상명사는 결혼이라는 과정을 거쳐 우리에게 출산이라는 가시적인 결과를 가져다주었다.

결혼을 하고 외국으로, 기대와는 다르게 3개월 만에 다시 한국으로, 한국에서 머물 곳을 찾아 시댁으로, 시댁에서 대학의 기혼자 숙소로. 새로운 터전으로 옮긴 지 얼마 지나지 않았을 때였다.

"약 좀 사다줘."

꼼짝없이 침대에 누워 구역질을 하는 나를 위해 남편은 소화제 대신 임신테스트기를 사 왔다. 남편의 예상대로 입덧이었다. 30년간 한 번도 사용하지 않았던 몸의 기능에 어쩔 줄 모르며 당황하는 나에 비해 남편은 대담했다. 나보다 남편이 더 빨리 알아차린 임신.

처음 배 속 아기를 보러 가던 날, 초음파 화면의 어둠 속에서 내게는 '고동고동'으로 들리는 아기의 심장 소리를 들으며 남편은 감격의 눈물을 흘렸다. 하지만 나는 입덧이라는 낯선 이름의 멀미 속에 정신을 차릴 새도 없었다.

찌릿찌릿한 가진통이 잦았다.

"하늘이 노래지면 진통이고 눈앞이 캄캄하면 그때 애가 나오는 거야."

시어머니는 출산일을 앞둔 내게 말했다. 시장을 다녀오는데 배 속에서 찌릿한 느낌이 점점 세지는 것 같았다. 그래도 첫 출산이니 예정일보다 늦을 테고 하늘도 파랗게 잘 보이는 게 진통은 아니구나 싶었다. 집에 와서 여유롭게 저녁을 먹고 설거지를 하는데 아래쪽에 무언가 뜨끈한 것이 훅 흘러내렸다. 양수였다. 진통이 세졌고 간격도 5분으로 짧아졌지만 아직 하늘이 노랗지는 않았다. 짐을 챙겨 병원으로 향했다.

대기실에는 아직 분만실에 들어가지 못하고 진통 간격이 빨라지기를 기다리는 산모들이 꽤 있었다. 거기서 양수가 터진 나는 놀이동산의 '익스프레스 티켓'을 쥔 양 그들보다 먼저 분만실에 입장할 수 있었다. 비행기나 놀이동산에서 빠른 줄로 입장할 때 이런 기분이었겠구나, 우월감도 조금 느끼면서. 물론 분만실은 비행기나 놀이동산과는 거리가 매우 멀었다. 일찍 들어간다고 해서 일찍 나올 수 있는 곳이 아니었다.

"오늘은 마취 선생님이 안 오시는 요일이에요. 무통 주사는 못 맞습니다."

경상북도, 바닷가 동네. 나는 출산일을 그 지역에 단 한 명뿐인 마취과 의사의 출근 요일에 맞추지 못했다. 그래서 처음부터 무통 주사는 못 맞을 거라 예상했다. 그 대신 촉진제를 맞았다.

시어머니의 말씀이 옳았다. 눈앞이 노래졌다. 다행히도 같은 강도의 진통이 반복되지는 않았지만, 불행히도 강도는 매번 세졌다.

출산을 준비하며 걱정했던 굴욕 3종 세트 관장, 제모, 내진은 굴욕에 속하지도 않았다. 진짜 굴욕은 실험실에서 해체되기를 기다리는 배불뚝이 개구리 같은 모습으로 다리를 쫙 벌리고 분만대에 누워, 아기가 골반에 낀 채 아침을 맞이한 것이었다.

"산모님, 소리를 지르면 더 아플 수 있어요."

숨을 크게 쉬어 배 속에 산소를 공급해야 한다고 했다. 나도 잘 알고 있었다. 아이가 배 속에 생긴 후 9개월 동안 공부했으니까. 하지만 그게 말처럼 쉽지 않았다. 지난 임신 기간을 돌아봤다. 가장 후회되는 점은 그 시간을 얼어 죽을 마인드컨트롤에 쏟아부었던 것이었다.

출산 준비를 하며 보았던 영상, 큰 소리 한 번 지르지 않고 '쏩쏩 후후' 하는 교육 영상이 포르노만큼이나 비현실적이라는 생각이 들었다. 차라리 고통의 실체를 알았더라면, 옆 침대 산모나 나처럼 남편한테 죽어라 소리를 지르는 '진짜 출산' 영상이나 봤더라면 고통스러운 육체와 나약한 나의 자의식이 좀 덜 저주스러웠을 텐데. 어설픈 긍정이 그렇게 무서운 것이다.

"조금만 더."

그 '조금만'에 의지하여 밤을 꼴딱 샜다. 의료진들은 내 몸 어딘가에 손가락을 넣어 휘휘 젓더니 자궁문이 다 열렸는데도 아기 머리가 보이지 않는다고 했다. 곧이어 배에 단 태동검사기에서 날카로운 경보음이 쉴 새 없이 울려댔다.

"응급수술을 해야겠는데요."

자궁이 다 열렸는데 아기가 내려오지 않는 이유는 골반에 아기 머리가 끼었기 때문이라고 했다.

"감사합니다, 감사합니다."

수술을 해야 한다는 소리에 나는 절이라도 하고 싶은 심정으로 말했다.

"이제 힘을 주면 안 돼요."

한순간에 주문이 바뀌었다. 힘을 주면 머리가 낀 아이의 산소가 부족해지는 상황이 일어날 수 있다고 했다. 촉진제를 맞고 힘을 주지 않는 것은 반대 경우보다 스무 배는 더 어려웠다. 그 상태에서 마취 선생님을 기다렸다. 단언컨대 그 기다림은 내 삶에서 가장 고통스러운 기다림이었다.

반쯤 기절해서 기억도 나지 않는 마취 선생님과의 조우를 남편은 기억했다. 마취과 의사가 수술실로 들어가는데 살기 어린 눈빛의 내가 그렇게나 악을 썼다고 한다.

"IC! 18!"

마취에서 깨어나니 낯선 생명체가 내 품에 안겨 있었다. 작고 여린 꽃잎처럼 살짝만 힘을 주어도 찢어질 것 같았다. 사람들이 왜 '핏덩이'라고 부르는지 알 것 같았다. 퉁퉁 부어 눈도 못 뜨는 아이를 보자 눈물이 났다. 미안했다. 기쁨은 나누면 반이 되고 고통은 나누면 두 배가 된다던데, 병들고 늙어서 혼자 남겨질 고통이 두려워 결국 고통 가득한 세상으로 이 핏덩이를 소환한 것.

미안한 마음에 인사보다 먼저 젖을 물렸다. 가스가 나올 때까지 물 한 모금 마실 수도 없고 앉을 수도 없었지만, 태어나자마자 젖을 물려야 젖이 잘 돈다던 수업이 생각나서 배운 대로 했다. 전신마취에서 깨자마자 젖을 물리는 나를 보면서 담당의는 혀를 차며 아기를 내려두고 좀 쉬라 했다. 자궁이 다 열린 후 응급수술을 해서 출산을 두 번 한 것과 같다고 했다. 출산 수업에서 들었던 케이스가 떠올랐다.

'아, 내가 그때 꼭 피해야 한다던 최악의 케이스였구나.'

이상하게 꼭 그런 최악, 최하 같은 것은 나를 피해가지 않더라.

의사의 말에 나는 모유수유를 포기하고 누울까 했으나 출산 수업 때 들었던 모유 전문가의 말도 무시할 수가 없었다.

"아기는 송아지가 아닙니다."

송아지가 아니니 사람 젖을 먹어야 한다는 것이었다. 모유수유에 '성공'해야 애가 건강하고 똑똑하다니까. 그래야 변변한 수저 없이 세상에 소환된 아기에게 일말의 경쟁력이라도 생긴다니까.

모유를 먹이는 것은 애를 낳는 것만큼 힘들었다. 수술과 금식. 내 유두에는 아이에게 더 이상 내어줄 젖이 없어 뽀얀 모유 대신 뻘건 피가 맺혔다. 그리고 얼마 후 아기에게 황달이 왔다. 원인은 알 수 없지만 황달에는 분유가 답이라고 했다. 내 젖이 부족해서, 내가 못 먹여서 그런 것만 같았다.

"모유를 가져다주시면 저희가 아기에게 먹일게요."

그래도 모유수유를 포기할 수는 없어서 담당 간호사의 말대로 나는 매 시간 모유를 짜서 날랐다. 하루 종일 앞섶을 풀고 지냈지만 모유는 젖병 바닥에 겨우 찰랑거릴 정도였다. 가슴이 아팠다. 아기의 밥통 기능을 하는 가슴 말고, 머리 쪽에 있는지 심장 쪽에 있는지 늘 헷갈리는 그 가슴, 마음이.

월세 60만 원의 대학교 숙소에 사는 주제에 병원비, 조리원비에 돈을 쓸 수가 없어서 응급수술 후 집으로 퇴원했다. 오랜 시간 첫 손주만을 손꼽아 기다렸던 양가 부모님은 사과처럼 빨간 아기를 안아 들고 기뻐했다. 웃지 않았던 사람은 엄마로서 첫 결실을 꺼내놓은 나 자신뿐이었다. 아기와 정식으로 인사를 나누기도 전에 나는 벌써 지쳐 있었다.

시댁에서는 아들 욕심이 없다고 했다. 시어머니는 첫 손녀를 '귀한 손님'이라고 불렀다. 아기가 연약한 몸에 안 어울리는 우렁찬 소리로 울자 시어머니가 말했다.

"아이고, 우리 귀한 손님 울지 마. 배 많이 고프지? 네 밥 여기 있다."

손끝으로 나를 가리키면서. 내 아이는 송아지가 아니지만 나는 젖소가 된 것 같았다.

재봉틀과 소창 기저귀

무언가를 배출하고 싶은 욕구. 누구나 가지고 있는 그 욕구가 처음으로 통증처럼 느껴졌을 때는 첫째를 낳은 직후였다. 내 안에서 늘 꿈틀거리고 있지만 실체를 알 수 없어 두려웠던 마음. 그 욕구는 때 이른 진통같이 갑자기 찾아와 내 삶을 뒤흔들었다. 무언가를 매우 배출하고 싶은 욕구. 출산 전에 나는 그 욕구가 아기를 향한 것이라고 생각했다. 이게 바로 모성애일 거라고, 아기만 나오면 다 해결될 일이라고. 그렇지만 아이가 나온 후에도 그 욕구는 사라지지 않았다.

당장 돈으로 환산되지 않는 복소해석학과 측도론, 동력학 중간 어디쯤. 순수수학 이론으로 박사학위를 받은 서른세 살의 남편은 그의 예상대로 일거리 시장에서 별로 매력적인 존재가 아니었다. 적지 않은 나이에 일자리를 찾아 헤매는 남편을 그의 은사님이 연구원으로 거둬주었고, 그 은혜에 보답하기 위해 남편은 박사 때보다 더 많은 시간을 숫자와 보냈다. 낯선 도시, 적막한 집 안에 남겨진 나는 출산 후에도 마음의 산통을 앓기 시작했다.

아기를 돌보는 것도, 엄마라는 이름으로 사는 것도 처음 겪는 일이지만 금방 적응할 수 있을 줄 알았다. 허나 아이를 낳고 시작된 입덧 같은 멀미는, 지구가 멈추지 않는 이상 사라지지 않을 것 같았다. 하루 종일 아기를 먹이고 재우고 달래는 일은 다시 굴러떨어질 것을 알면서도 정상까지 바위를 굴려 올리는 행위만큼이나 허탈한 일이었다.

여름이 깊어가고 있었다. 덥기로 악명 높은 포항에도 이례적인 더위가 찾아왔다. 초여름, 아기를 꺼내기 위해 가른 아랫배의 상처는 붉은 지렁이같이 굵은 흉터로 변하며 어느 정도 아물었지만 그 위로 아이를 안는 것은 여전히 고통스러웠다. 그렇다고 아기를 내려놓을 수도 없었다. 우리를 닮아 예민한 아기는 잘 자지도 잘 먹지도 않고 숨이 넘어가라 울어대기만 했다. 나는 아이가 울 때마다 긴장감과 더위로 땀을 눈물처럼 뚝뚝 떨어뜨리며 남편의 연구실이 있는 쪽을 내다보았다. 불볕더위가 내려앉은 아스팔트 길 끝으로 사라진 남편이 일과를 마치고 그 끝으로 다시 걸어오기를. 하지만 내 기다림이 간절할수록 시간은 더디게만 흘러갔다.

잘 나오지 않는 젖을 빨다 지쳐 잠이 든 아기를 가까스로 눕히고 가정용 재봉틀 앞에 앉았다.

"태어날 아기의 물건과 옷은 다 직접 재봉틀로 만들어 입힐 거야."

재봉틀을 받던 날 신이 나서 말했다. 타지에서 매일 홀로 집을 지키는 내가 안쓰러웠던 남편이 큰마음 먹고 사준 재봉틀이었다.

재봉틀 위에는 몇 개월 전, 갑자기 찾아온 진통에 미처 마무리하지 못한 천 기저귀들이 그대로 쌓여 있었다. 재봉틀을 사면 뭐든 만들 수 있을 줄 알았는데 쉬운 일이 아니었다. 결국 나는 직관적인 형태의 기저귀를 만들었다. 입덧이 가라앉지 않아 힘든 날, 배가 남산만큼 불렀어도 느껴지는 배 속의 헛헛함을 잊기 위해 나는 재봉틀을 돌리곤 했다.

오랜만에 페달을 굴려보았다. 먼지가 폴폴 났다. 하지만 적막을 깨는 소리가 나쁘지 않았다. 재봉틀 소리가 꽤 시끄러울 법한데 아기는 울지 않았다. 오히려 재봉틀을 멈추면 우는 것 같았다. 그날 이후로 나는 아기가 잠들면 아기를 내려놓고, 아기가 울면 아기를 업고 소창으로 기저귀를 만들었다. 한 필의 소창이 기저귀로 변신하면 또 한 필을 주문했다. 누런 소창을.

소창의 풀을 빼는 것은 시간과 노력이 하는 일이다. 풀 먹인 소창을 물에 담그면 처음에는 물이 잘 스미지 않는다. 그때 필요한 것은 기다림이다. 언젠가는 스미게 되어 있다. 빳빳했던 소창은 반나절 담그면 젖어 들기 시작하고 하루 정도 지나면 무르기 시작한다. 그러면 세탁으로 한 차례 풀을 벗겨내고 삶는다. 한 번에 완벽하게 풀을 제거하려 하지 말고 여러 번에 걸쳐 천천히, 하얘질 때까지. 몇 번인지 세지 않고 반복하다 보면 어느새 누런 소창은 톡톡하고 하얀 소창으로 변해 있었다. 햇볕에 널려 있는 하얀 소창을 바라보고 있는 것만으로도 기분이 좋아졌다.

한 판화가가 그런 말을 했다. 본인은 판화가라기보다 하고 싶은 이야기를 판화를 통해서 할 뿐이라고. 아기 천 기저귀가 나한테 그런 용도였다. 아이의 배설물을 받아내는 것보단 나의 억제된 욕구와 부정적인 감정의 찌꺼기를 내보내는 도구.

정련의 과정을 거치는 동안 깨끗해지는 기저귀에 마음이 정화되었다. 싹둑 잘린 소창이 재봉틀 위에서 드르륵드르륵 여며지는 것을 보고 있으면 깊게 남아버린 내 아랫배의 수술자국도, 오랫동안 묵혀두었던 내 마음의 상처도 여며지는 것 같았다. 재봉틀은 밤새, 잘 돌지 않는 내 젖과는 다르게 소리 죽여 우는 나를 대신해서 굉음을 내며 끝없이 하얀 천을 토해냈다. 어느새 옷장 안은 기저귀로 넘쳐났다. 아기를 돌보느라 밥도 잘 못 먹고 잠도 잘 못 잤지만 그래도 매일 재봉틀을 돌렸다.

훗날 이삿짐을 정리하다 보니 만들어놓고 쓰지도 않은 기저귀가 한 트럭은 돼 보였다. 고심 끝에 나는 그 기저귀들을 뜯어 행주로 만들었다. 다림질을 하고 수도 놓았다. 기저귀는 어느새 그럴싸한 소창 행주로 변해 있었다. 떠나기 전 사귄 이웃에게 나누어주고도 평생 다 못 쓸 행주가 남았다.

한참이 지나, 나는 소창을 정련하는 행위가 글을 쓰는 것과 다르지 않았음을 느낀다. 기저귀에 배출을 멈춘 아기와 나. 이제 우리 가족은 내가 글로 상처와 눈물을 닦듯이 그때 만들어놓은 소창으로 식탁의 얼룩을 닦는다. 어떤 얼룩도 푹 삶으면 다시 하얘지는 소창 행주로.

꿈을 위한 변명

신을 아는 가장 좋은 방법

어릴 적, 잠시 우리와 살았던 외삼촌의 방은 커다란 액자로 가득 차 있었다. 유화물감의 휘발유 같은 냄새. 석유 냄새를 좋아하면 배 속에 회충이 가득한 것이라는 속설이 있다. 어린 나의 배 속에도 꿈틀거리는 무언가가 있었음이 분명하다. 어른들의 만류에도 끊임없이 그곳을 들락날락했으니까. 내 배 속에 꿈틀거리고 있던 것은 예술에 대한 욕구가 아니었을까?

집안 사정 때문에 미대 문턱에도 못 가봤다는 막냇삼촌은 뛰어난 미술 감각으로 삼각지의 한 화방에서 모작 그리는 일을 했다. 일이 많은 날, 삼촌은 그림을 들고 와 방에서도 작업을 했다. 삼촌은 손바닥만 한 사진을 '펑' 같은 큰 소리도 없이 크게 튀겨 캔버스 위에 그대로 옮겨놓았다.

"삼촌은 어떻게 사진이랑 똑같이 그려?"

어린 나는 사진과 그림을 비교하며 들뜬 목소리로 말했다. 당시에는 세상에서 삼촌이 그림을 가장 잘 그리는 사람인 줄 알았다. 엄마가 화장실 문 옆에 액자 하나를 걸기 전까지는.

작은 액자 속 그림에는 삼촌이 그리던 그림처럼 하늘도 있고 나무도 있었다. 다른 점이 있다면 하얀 구름도 나무도 꿈틀거리고 있다는 것이었다. 그림은 처음에는 나를, 그 후에는 주위의 모든 것을 흡수해 다른 에너지로 바꿔버리기 시작했다. 풍경화의 생명력은 액자를 뚫고 나와 마침내 화장실 문, 문 뒤의 그림자까지도 꿈틀거리게 만들었다. 세상을 모방하는 것이 그림인 줄 알았는데, 그 그림은 모방을 넘어 새로운 세상을 창조하고 있었다. 우리 집 화장실 벽, 작은 액자 안으로 새로운 세계가 펼쳐졌다. 그때부터일 것이다. 내가 화장실 가기가 두려워진 것이.

생존에 있어서 예술의 불필요성에 대해 처음 생각한 것은 초등학교 때였다. 아니 어쩌면 더 오래전, 간밤에 자다 깬 내가, 삼촌이 조금 열어놓은 문틈으로 새어 나오는 불빛을 목격한 날 깨달았는지도 모르겠다. 머리가 띵할 정도로 독한 냄새를 풍기는 이 예술이라는 놈은 빛도 도망칠 만큼 지독한 녀석이라고.

확신이 든 것은 내가 빚은 포도송이 때문이었다. 나는 색색깔의 고무찰흙으로 좁쌀만 한 포도알을 하나하나 빚어 포도송이를 만들었다. 빛을 표현하고 싶기 때문이었다. 어른들은 내가 만든 포도를 보며 화가나 조각가가 되라고 하는 대신 이렇게 말했다.

"이야, 너 정말 손재주가 뛰어나구나. 나중에 외과의사가 되면 되겠다."

분명 덕담이었을 것이다. 예술이라는 것이 얼마나 지독한 녀석이면 어른들이 그 단어를 떠올리지 않기 위해 그토록 애쓰겠는가.

외국에서 보낸 사춘기 시절. 인터넷이 없던 90년대 중반의 나는 외롭고 고국이 그리운 날이면 어김없이 오르세 미술관에 갔다. 청소년에게 입장료가 부과되지 않기 때문이기도 했지만, 무엇보다 한국인들이 어느 민족보다 미술관에 진심이기 때문이었다.

사람들은 미술품을 구경하고 나는 사람들을 구경했다. 결코 저렴하지 않은 입장권을 끊고 온 관광객들은 대부분 입장하자마자 그림보다는 꽉 찬 일정으로 피곤한 다리를 잠시나마 쉬게 해줄 빈자리에 더 큰 관심을 보였다. 나는 그것이 참 신기했다. 다리도 아픈데 왜 구태여 미술관에 오는 걸까? 싫지는 않았다. 가끔 운이 좋으면 한국말 몇 마디도 나눌 수 있었으니까.

"한국 사람이에요?"

"네."

"모네 그림은 어디에 있어요?"

위치를 설명하면 지친 사람들의 표정이 그렇게 환해질 수 없었다. 무려 4층을 건너뛸 수 있기 때문이었다. 삶에서 예술이 교과서에만 국한되어 있는 것은 우리나라 사람들만의 일이 아니다. 단지 교과서에 충실한 어떤 민족은 여행 책자에 적힌 대로 미술관을 꼭 방문하는 반면 어떤 민족은 그 노력조차 하지 않는 것뿐이다.

어릴 적, 화장실에 가기 두렵게 만들었던 액자 속 그림의 원작을 만난 것은 오랜 시간이 지난 후였다. 나는 관광객이 되어 배낭을 메고 미술관에 갔다. 족집게처럼 노란 여행책이 골라주는 그림을 쏙쏙 골라 보며 이동하던 중 고흐의 〈삼나무가 있는 밀밭〉을 만났다. 화장실 옆 모작 액자보다 열 배나 큰 작품이었지만 별다른 감흥은 없었다. 그길로 나는 미술관을 나와 맥주나 한잔 마시러 갔다. 차라리 그쪽이 더 유익하겠노라 싶었기 때문이다. 런던 시내에서 마시는 맥주의 가격은 영국인만큼이나 불친절하다는 것도 모르고 말이다.

밥벌이를 해야 하는 성인이 되자 나는 확신했다. 사춘기 시절 귀스타브 모로가 선물했던 몽환적인 세계도, 생애 첫 출근 날 내 가방에 들어 있던 카뮈의 『시지프 신화』도 먹고 사는 데 조금의 보탬도 되지 않는다는 것을.

지금까지 나는 삶의 대부분의 시간을 내 안에 잠재되어 있을지도 모를 예술성의 흔적을 지우는 데 썼다. 잠자는 것까지 잊고 끼적이던 글들도, 친한 친구에게 언젠가 꼭 글을 쓰고 싶다고 전한 진심도 주정으로 덮었다. 그렇지만 그것은 신병 같은 것이었나 보다. 늦은 나이에도 결국 문학의 길을 밟은 할아버지처럼, 대를 이어 도망가기도 끊기도 어려운.

한때는 결혼을 하면, 아이를 낳고 가정을 꾸리면 나도 카트리지에 알맞게 담긴 '정량'의 인생을 살 수 있을 줄 알았다. 그래서 입덧이 끝났는데도 느껴지는 멀미와 헛헛함이 세상에 나의 것을 배출하고 싶은 욕구 때문이라는 것을 알면서도 무시했다. 끊임없이 소창 기저귀를 만들어내며 조각가 루이즈 부르주아가 늦은 나이에 거대한 거미 조각을 만들 수밖에 없었던 이유가 가슴 깊이 와닿았지만 모르는 척했다. 내 삶의 현장에서 예술을 찾기는 너무 어려웠기 때문이다. 나는 예술을 열심히 먹고살라는 신에게 대적하는 행위 따위로 해석하고 살았다. 내가 믿는 신이, 내 믿음에 의하면, 세계 최초의 예술가였다는 사실을 깨닫기 전까지. 천지를 만든 그가 느낀 감정은 이렇게 표현되었다.

'보시기에 심히 좋았더라.'

그 감정이 어떤 것인지 나는 어렴풋하게나마 느끼고 싶었다. 사람들은 누구나 자기 언어로 자신을 표현한다. 인간 중 신과 비슷한 감정을 느낄 수 있는 사람들은 매번 새로운 무언가를 창조하는 예술가들이라는 생각이 든다. 그것이 예술과 창작의 가치일 것이다.

고흐의 그림이 성인이 된 내게 시시하게 느껴졌던 이유는 엽서, 초콜릿, 손톱깎이, 우산, 심지어 가방에까지 프린팅된 그의 세계에 익숙해졌기 때문인 것처럼, 내가 살아가는 모든 세계가 신이 만든 예술의 영역이었기에 삶에서 예술이 눈에 띄지 않았던 것뿐이었다.

고흐는 이 세상의 모든 존재가 신의 예술품이라는 것을 이미 알고 있었나 보다.

아직 미워하는 것이 사랑하는 것보다 많은 나는 신을 잘 모른다. 신을 잘 몰라서 아직 많은 것을 사랑하지 못하는지도 모르겠다. 그래서 나는 오늘도 글을 쓴다. 신을 알기 위해, 세상의 많은 것을 사랑하기 위해.

선물처럼 찾아온 '오늘'

첫째가 세 살이 되었을 때 우리는 스며드는 바람조차 외로웠던 한 대학의 연구원 기숙사를 떠났다. 관악산 기슭을 거쳐 이사 간 곳은 서울 북쪽의 한 동네였다. 살아본 적은 없었지만 낯설지는 않았다. 내가 자라온 도시의 풍경은 조금씩 닮아 있기 때문이다. 초행길이라도 골목 귀퉁이에는 어떤 종류의 가게가 있지 예상이 될 만큼.

우리의 신상에는 큰 변화가 없었다. 비정규직 연구원과 가정주부. 하지만 낯선 바닷가 마을을 떠나 고향으로 복귀한 나에게는 꿍꿍이가 있었다.

첫째가 네 살이 되던 해. 나는 드디어 아이를 어린이집에 보내며 하루 24시간을 붙어 지내던 아이와 조금씩 떨어지는 연습을 했다. 그리고 그림책 관련 수업을 들으러 다녔다. 그림책은 아이를 키우는 내가 당시 유일하게 접할 수 있는 예술

매체였다.

수업이 끝나고 돌아오는 길. 지하철의 작은 진동에도 속이 좋지 않았다. 처음에는 쉬는 시간 허겁지겁 집어삼킨 삼각김밥 때문이라고 생각했다. 당시 소화제와 위염 약을 달고 살던 나는 이 느낌이 소화불량 때문은 아닐 수도 있다는 의심이 들었다. 혹시나 하는 마음에 약국에 들러서 임신테스트기를 두 개나 샀다. 하루가 지난 뒤 검사해도 테스트기 결과는 한 줄. 속이 아무리 안 좋아도 끼니를 거르는 것은 상상조차 못하는 내가, 꾸역꾸역 삼시 세끼 다 챙겨 먹고 누워서 끅끅대니 보다 못한 남편이 결국 한마디 했다.

"그렇게 먹었는데 소화가 되는 게 이상하지. 나가서 한 바퀴 뛰고 와."

밖에 나오긴 했는데 컨디션이 좋지 않았다. 어슬렁거리다 딸아이 친구 엄마를 만났다. 그녀는 몸이 좋지 않으면 집 근처 병원에라도 다녀오라고 했다.

"거기서 준 약은 산송장도 벌떡 일어나게 한다니까. 명의야, 명의."

나는 그길로 그녀가 알려준 병원을 찾았다. 병원은 오전인데도 월말 은행에서나 볼 법한 장사진을 이루고 있었다. 관절이 쑤신 동네 할머니부터 콧물이 찔찔 흐르는 꼬마들까지. 오만 가지 병을 다 진찰하는 가정의학과 병원은 대기실이 꽤 컸음에도 앉을 자리 하나 없었다. 가뜩이나 속도 안 좋은데 사람한테 치이니 더 힘들었다. 치료도 받기 전에 구토 먼저 할 것 같아 결국 접수를 취소하고 아이가 다니는 소아청소년 과에서 간단한 약을 처방받아 집으로 왔다.

둘째가 찾아왔다는 사실을 안 것은 며칠이 지나도 몸이 전혀 나아지지 않아 다시 임신테스트를 했을 때였다. 이번에는 선명하게 두 줄이 그어져 있었다. 깜짝 놀라 화장실 쓰레기통을 뒤졌다. 그런데 내가 쓰레기통에 버렸던 테스트기도 두 줄로 변해 있는 것이 아닌가! 약을 복용한 것이 마음에 걸려 병원에 전화부터 했다. 소아청소년과에 간 것이 천만다행이었다. 의사는 내가 받아온 약이 임신부에게 쓰는 약이라고 했다.

애초에 남편과 아이는 둘을 낳자고 계획은 했었다. 그런데 그건 어디까지나 계획일 뿐이었다. 그렇게 기다릴 때는 오지 않더니, 이제 나도 무언가 해보려 할 때 덜컥 둘째가 생겼다. 애써 기쁜 표정을 짓고 있었지만 사실 기쁨보다는 아쉬움이 먼저였다. 문제는 그뿐이 아니었다. 첫째를 낳고 나서 조금도 변하지 않은 우리의 경제적 사정. 하나도 벅찬데 둘을 키울 수 있을까 하는 현실적인 부분도 걱정이었다.

이메일주소가 '푸앵카레 주니어'일 만큼 앙리 푸앵카레를 존경한다는 남편. 결혼하기 전 그와 러시아 천재 수학자 그리고리 페렐만에 대해 이야기를 나눈 적이 있다. 페렐만은 밀레

니엄 7대 난제 중 하나인 '푸앵카레 추측 Poincaré Conjecture'을 증명하고는 공로로 받게 될 1백만 달러의 상금도 마다하고 홀연히 사라졌다고 했다.

"늙은 어머니의 아파트에서 노모의 연금으로 가난하게 살고 있었던 거야. 수학에 대한 열정으로 수학 문제만 풀면서. 그게 진정한 학자지. 수학이 주는 즐거움은 돈에 비할 수가 없었을 테니까."

그 이야기를 하며 촉촉이 젖어 드는 남편의 눈시울을 보면서 나는 결심했다. 그가 사랑하는 수학의 세계를 위해 나는 기꺼이 페렐만의 노모 같은 사람이 되어주리라. 가난한 수학자의 아내가 되리라. 그런데 그건 어디까지나 결혼하기 전, 아이가 둘이 되기 전 이야기다.

장학금으로 대학교 입학부터 미국 유학까지 가게 된 남편은 수학과 천지에 널린 '돈'과 연관된 학문 대신 실용과는 무관한, 눈에 보이지 않는 우주 어딘가를 계산할 때 쓰일지도 모르는 주제를 세부 전공으로 선택했다. 나는 그런 그가 좋았다. 하지만 그런 학문을 사회에서 반길 리 없었다. 자리를 잡지 못한 남편은 비정규직 연구원으로 살아가고 있었다. 그것도 6년째. 마지막이라고 했다. 남편은 계약이 종료될 때까지 교수직에 오르지 못하면 그 사랑하는 수학을 등지고 회사에 취직하겠노라 했다.

나는 그것까지는 과하고 어쨌든 이사는 당장 해야겠다고 했다. 아이가 하나 더 생겼는데 언제까지 수입의 반을 월세로 내면서 살 수는 없다고.

　"그런데 어디로 가?"

　"어디든지. 월세가 아닌 곳으로."

　"그런데 무슨 돈으로……."

　"무슨 수를 써서라도 가야지. 이렇게 월세만 축내다가는 돈 못 모아."

　"그럼 당신 마음대로 해."

　남편은 우리의 미래를 불안하게 만드는 수백 가지 일들은 문제로 생각하지 않는 것 같았다. 숫자나 기호 같은 것으로 쓰인 수학 문제가 아닌 것들은 남편에게 문제로 인식이 안 되는 모양이었다.

　결국 나는 홀로 집 앞 부동산에 집을 보러 갔다. 결과는 참담했다. 아파트를 사기에 우리 예산은 새 발의 피였다. 세상 서럽고 억울한 마음이 들었다. 임신을 하고 나니 호르몬 분비가 불규칙해진 탓인지 부동산 앞에 주저앉아 엉엉 울고 있는데 엄마에게 전화가 왔다.

　"야야, 그 엄마 친구 있잖아. 왜 부동산 투자 잘하는?"

　"……근데?"

　"그 아줌마가 너한테 딱인 물건을 찾아줬으니까 잔말 말고 가봐."

임신한 배를 부여잡고 찾아간 곳. 집은 조금 무리하면, 아니 많이 무리하면 매매가 가능한 곳이었다.

"마침 공실이네요. 이렇게 투자가치가 뛰어난 데다가 실거주할 만한 곳은 많지 않아요."

부동산 직원은 입이 마르도록 집을 칭찬했다. 5층 건물의 꼭대기 집. 계단은 신기하리만큼 단차가 제각각이라서 나는 몇 번이나 발을 헛디뎠다. 무사히 5층에 도착한 후 부른 배를 쓰다듬으며, 계단을 오르내릴 때 심심할 틈이 없겠다고 생각했다.

녹슨 열쇠 구멍 속으로 열쇠를 힘겹게 밀어 넣어 가까스로 녹슨 문을 열었을 때 나는 재빠르게, 어두운 곳으로 숨어들어 가는 생물체를 보았다. 현재까지 만난 곤충 중에서는 바퀴벌레를 가장 혐오하는데 다행히 바퀴는 아닌 것 같았다. 그것보다 훨씬 크고 눈으로 따라갈 수 있을 만큼 덜 빠른, 설치류 같은 것이었다. 부동산 실장도 봤는지 먼저 들어가 이곳저곳을 열어보며 말했다.

"아무래도 비어 있던 집이니 손은 좀 봐야겠죠."

마지막으로 화장실 문을 열어보았다. 변기는 원래 자리에서 약 90도 정도 틀어져 있는 것 같았지만 바로잡겠다고 섣불리 공사를 시작했다가는 집 전체가 무너져버릴 것 같았다. 화장실 문을 재빨리 닫으며 실장이 다시 말했다.

"어때요? 살 만하죠!"

지구상에 인간이 살지 못할 곳이 어디 있겠는가. 어떻게든 마음을 먹으면 살아가긴 하겠지. 하지만 무탈하게 살 수 있을지는 의문이었다. 집을 보기 전보다 더 우울해졌다.

"사모님, 이 집은 긁지 않은 복권이에요."

우선 나는 사모님이 아니다. 게다가 우리 가족의 전 재산과 영혼, 태어날 아기의 건강을 긁기도 전에 잃어버릴지도 모를 복권에 걸 수는 없는 일이었다.

결과적으로 이사를 하긴 했다. 더 살기 좋은 집을 찾았다기보다는 월세가 너무 올라 쫓겨난 것에 가까웠지만.

우리가 구한 집은 원래 살던 지역에서 멀지 않은 곳에 있었다. 한창 집을 보러 다닐 때 동네 미용실 원장님이 길은 건너면 안 된다던 길 건너 그곳. 집은 오래됐고 평수도 방 하나만큼 줄었고 사방으로 철로가 난 곳이었지만 포근한 느낌이 나쁘지 않은 곳이었다. 가진 게 없으니 많은 돈을 빌릴 수 있는 특혜도 얻었다. 다른 이들과 비교하면 보잘것없겠지만 월세를 벗어났다는 것만 해도 커다란 도약을 한 느낌이었다.

이사를 마치고 남편과 동네 산책을 하는 길이었다. 나는 남편에게 내가 전에 보러 갔던 집은 진짜 복권이 맞았다, 재개발 호재로 집값이 무려 세 배가 되었다는 이야기를 했다. 그것도 고작 3개월 만에. 남들은 그런 것도 다 알아서 잘만 사는데 우리같이 우매한 사람들은 이래서 어쩌냐, 아이들은 무슨 죄냐, 구시렁거리면서. 길을 걸으면서도 머릿속으로는 수학 문제를 풀고 있는 그에게 나의 이야기가 닿을 리 없다는 사실은 잘 알고 있었지만, 혼자라도 떠들지 않으면 속이 풀리지 않을 것 같았다.

깊은 생각에 잠겨 있던 남편의 걸음을 멈추게 한 것은 어느 병원 앞이었다. 누군가 일인 시위를 하고 있었다. 초점 잃은 눈으로 '죽은 내 아내를 살려내라', '과다 약 처방 병원' 같은 섬뜩한 문구가 적힌 카드를 들고. 둘째를 가진 줄 모르고 들렀다가 사람이 너무 많아서 그냥 나왔던 병원. 명의가 있다던 바로 그 병원이었다.

"저 병원 약이 세긴 세. 지난번에는 속 아파서 혼났다니까."

"맞아, 약이 잘 듣는 데는 다 이유가 있어."

우리 앞을 지나가던 사람들이 우리와 같은 곳을 힐끗 쳐다보며 속삭였다. 영화 〈쿵푸팬더〉의 대사가 떠올랐다.

Yesterday is history.

Tomorrow is a mystery.

But today is a gift.

That's why it is called the present.

어제는 과거. 내일은 미스터리. 오늘은 선물. 그래서 'present(선물 혹은 현재)'라고 부르는 거라고. 오늘(present)은 관사도 특별한 정관사, the present.

오늘이라는 선물은 항상 서프라이즈 상자처럼 우리 앞에 던져진다. 열지 않는 이상 전혀 속을 알 수 없게 말이다. 그림책 창작의 꿈은 둘째 임신으로 한순간에 물거품이 되어버렸다. 미래를 보는 능력이 없어 부동산으로 일확천금의 기회도 놓치고 말았다. 하지만 내가 입덧으로 몸이 안 좋았던 그날 둘째를 가진 줄도 모르고 그 병원에서 진찰을 받았더라면, 만에 하나 임신부에게 쓰면 안 되는 매우 독한 약을 처방받았더라면, 그래서 혹시 아기에게 안 좋은 일이 일어났더라면. 작은 선택으로 바뀌게 되었을지 모를 '오늘' 대신 내게 우연히 찾아온 무사한 오늘에게 고마운 마음에 왈칵 눈물이 났다. 임신 호르몬 때문이었을지도 모르겠지만.

남편의 팔짱을 끼고 생각에 잠겨 뒤뚱뒤뚱 걷다 보니 우리는 어느새 집 앞에 도착해 있었다. 정문에는 90년대에 지어진 아파트다운 슬로건이 적혀 있었다.

아내 같은 아파트.

모두가 꿈꾸는 화려하고 멋진 집은 아니지만, 안전하게 머물 수 있는 곳. 무탈하게 새 생명과 함께 내일을 꿈꿀 수 있는 삶이, 가끔은 티격태격해도 잔소리는 많이 심해도 아내같이 섬세한 남편이 있는 내 삶이 참 감사했다.

아직, 겨울

"여보, 드디어⋯⋯."

마흔이라는 나이에 남편은 꿈꿔왔던 직업을 갖게 되었다. 기다림은 그리 지루하지 않았다. 살다 보니 하루하루가 너무 지치고 간절해 무언가를 기다리는 중이라는 것도 잊은 채 살고 있었다.

기다리던 것을 잊고 있었다고 해서 당연한 결과는 아니었다. 주변 사람들이 승진을 하고 집을 살 때마다 시린 우리 처지가 더 쓰라렸으니까. 기다림보다는 체념이라는 표현이 더 어울릴지 모르겠다. 쉽지 않은 길이기에 기대하지도 않았었다. 그런 나의 마음을 비웃듯 남편은 꿈을 이루었다. 역시, '존버'는 진리인가 보다.

좋은 소식을 듣는 내 마음은 순식간에 구름 위, 우주 끝까지 날아가버렸다.

'이제, 다 죽었어.'

쥐구멍에도 볕 들 날이 있다더니, 삶은 훨씬 여유로워질 테고 무엇보다 금방 내 차례도 올 것이다. 내 꿈을 이룰 차례. 아이와 함께 자라온 내 마음속의 소망, 내 이름으로 된 책을 쓰는 꿈.

다음 스텝으로 점프하기 전에 나는 우선 구질구질한 것들은 모두 버리기로 했다. 작은 움직임에도 살대가 우르르 빠져버리는 본가에서 얻어 온 빨래 건조대와, 남편이 어린 시절 동네 슈퍼마켓 개장 때 시어머니가 받았다던 손잡이가 다 깨진 감자 필러부터 버렸다. 처음으로 새 가구도 샀다. 불안정했던 비정규직 수학자의 삶. 환경은 늘 빠르게 바뀌었고 그럴 때마다 우리는 짐을 쌌다. 가구 중에 멀쩡한 물건은 하나도 없었다.

물건을 버리다 보니 이사도 해야겠다는 생각이 들었다. '아내 같은 아파트'는 한때 성매매 집결지로 유명했던 동네 중간에 위치해 있었다. 너 나 할 것 없이 간식을 나눠 먹고, 어른이고 아이고 늦게까지 놀이터에서 노는 동네. 가끔은 고성이 오가기도 하는 곳. 골목 안, 주거지역 안 일상은 조용하고 평범했다. 하지만 큰길 주변에는 학원보다 유흥 시설이 더 많았다. '일반음식점' 스티커를 붙였지만 시대와 동떨어진 이름의 간판과 빨간 조명 아래 그림자마저 헐벗은 가게들은 동네의 변화에도 묵묵히 제자리를 지키고 있었다. 게다가 남편의 새 직장과 집은 너무 멀었다. 결국 우리는 이사 온 지 3개월 만에, 수도권의 한 신도시로 이사 가기로 했다. 집과 환경은 훨씬 좋아졌지만 다행히도 그곳은 전세가율이 높지 않아 집세 차이는 크지 않았다.

갯벌을 메워 만들었다는 인공섬. 커다란 공원을 중심으로 고층 건물이 둘러싸고 있었고 구도심과는 다리로 연결되어 있었다. 그 섬은 SF영화에서 나올 법한 거대한 한 덩이의 우주정거장 같기도 했다. 지인의 경사 때 처음 방문한 이후 나는 이 섬의 이국적인 정취와 세련된 느낌을 잊지 못했다. 사람들은 우아해 보였고 거리는 안전해 보였다.

인공섬으로 이사 온 날, 나는 짐을 정리하면서 스카이라인을 따라 넘실거리는 건물의 온화한 노란 불빛들을 홀린 듯이 바라보았다. 고요함이 감탄스러울 정도였다. 부동산에서는 구시가지 안에 지어진 이 환상의 섬에는 두 가지가 없다고 했다. 길거리에 쓰레기가 없고 길고양이가 없다고. 실제로 섬은 광고 속 냉장고처럼 깔끔하게 정돈되어 있었다. 남편과 나는 이 안정되고 평화로운 환경에 만족하며 지겨울 때까지, 아니 적어도 아이들이 다 자랄 때까지는 다른 곳으로 이사 가지 말자고 다짐했다.

"엄마, 나 오늘 유치원 안 가면 안 될까?"

첫째 딸이 물었다. 나는 한 박자도 쉬지 않고 곧바로 "안 돼"라고 매몰차게 대답했다.

"한번 빠지기 시작하면 계속 빠지고 싶은 거야. 유치원 가면 잘 놀면서."

거짓말이다. 나는 우리 딸이 새로 옮긴 유치원에 적응하지 못하고 있다는 것을 잘 알고 있었다. 날짜를 보면 분명 봄이 한창이어야 하는데, 각 잡힌 고층 건물 사이를 맴도는 바람도 딸아이의 주변도 썰렁하기만 했다. 삼삼오오 손을 잡고 놀이터 쪽으로 뛰어가는 다른 아이들과 대조적으로.

유치원 하원 시간, 나는 최대한 밝게 웃으며 덜컹거리는 유아차를 끌고 아이 앞에 섰다. 모여 있는 엄마들에게 인사도 했다. 높은 '솔' 음과 비음을 섞어서.

"안녕하세요."

오늘도 허탕인가 싶었는데 다행히 한 엄마가 꾸벅 묵례하며 내 인사를 받아주었다. '오늘은 느낌이 좋군.'

"친구들이랑 놀래?"

나는 신발을 다 신고도 유치원 신발장 앞에 앉아서 구슬이 떨어진 구두만 만지작거리는 딸에게 물었다. 딸아이가 수줍게 고개를 끄덕였다.

"그럼 '따끔'만 놀까?"

두 발로 걷기 시작했을 때부터 아이는 한번 놀이터에 들어가면 계속 '따끔'을 외쳤다. 잠깐이라는 뜻이었지만 그 따끔

은 이 친구 저 친구를 오가며 해가 지고 달이 뜰 때까지 이어
졌다. 하지만 이사 온 곳에서는 아직 친구를 사귀지 못한 딸
아이가 1분도 채 되지 않아 부메랑처럼 내가 있는 곳으로 돌
아왔다.

"엄마, 같이 놀자."

"왜?"

"그냥."

"엄마는 아기를 봐야지. 친구들이랑 놀지 않을 거면 그냥
집에 가."

아이는 나를 한 번 쳐다보고 땅을 한 번 쳐다보더니 이번에
는 아이들이 몰려 있는 곳과 반대 방향으로 사라졌다.

딸이 죽단화를 손에 들고 나타난 것은 그 후로 얼마 지나지
않아서였다.

"엄마, 선물이야."

딸은 고사리손의 온기가 고스란히 남은 죽단화를 나에게
건넸다.

"엄마 준다고 따 왔어? 고마워. 자, 이제 친구들이랑 뛰어
놀아."

나는 꽃을 받아 유아차 짐칸에 아무렇게나 던져 넣고는 딸
아이를 친구들이 있는 쪽으로 힘껏 밀었다. 하지만 딸은 친
구들에게 가지 않고 구두 앞코만 뚫어지게 바라볼 뿐이었다.

"네가 적극적으로 나서지 않으니깐 친구들이 안 놀아주는 거야."

등원을 하면서 나는 딸에게 친구 사귀는 법을 그렇게 일러두었다. 친구들이랑 놀려면 다른 사람들이 뭘 좋아하는지 생각해서 그들에게 맞춰줘야 한다고. 그건 교육이라는 이름의 유린이었다. 나는 아이가 친구들과 잘 어울리지 못하는 것이 내 탓이라는 생각에서 자유로울 수 없었기에 아이를 뭉개서라도 무리 안에 집어넣고 싶었다.

하원 시간이면 나는 또 부스스한 모습으로 유아차를 끌고 집을 나섰다. 세련된 도시 외관만큼이나 엄마들은 아이들과 본인의 옷매무새에 신경을 많이 쓰는 듯했다. 그날따라 건물 유리에 무심코 비춰본 내 모습에서 이질감이 느껴졌다. 현관에서 아이를 기다리며 다른 엄마들과 눈인사를 했다. 대부분은 무심히 지나쳤지만 내 인사에 호응해주던 엄마도 있었다. 나는 그쪽으로 갔다. 그 무리는 엄마도 아이도 성격이 무던해 보여 같이 놀면 좋을 것 같았다. 내가 엄마들에게 다가가자 딸도 친구들이 있는 곳으로 갔다. 자발적인 느낌보다는 내 눈치를 보며 나에게서 도망갔다는 말이 더 맞을지도 모르겠다. 나는 엄마들이 모여 있는 원 안으로 유아차를 밀며 들어갔다. 거리를 좁히고 싶어서였다. 그러나 그들은 내가 거리를 좁혀가자 오히려 자리를 양보하며 물러섰다. 자신들 뒤에 있던 벤치에 앉으려고 다가가는 걸로 이해한 것 같았다.

나는 그들의 예상대로 벤치에 앉는 대신 엄마들이 만들어놓은 커다란 원에 나를 걸쳤다. 엄마들은 살짝 물러섰지만 어떻게든 함께하고 싶었던 나는 멀어진 만큼 다시 다가갔다.

결국 나는 엄마들로 이루어진 커다란 원에 혹처럼 붙어버렸다. 더 이상 모임을 키우고 싶지 않은 엄마들에게 나는 반갑지 않은 존재였을지도 모르겠다. 다년간 함께했을 모임. 이미 견고하게 형성된 친분에 지각변동을 일으키기란 쉽지 않다는 것을 나도 잘 알고 있었다. 나는 그들이 몇 년간 쌓아온 친분을 하루아침에 무너뜨릴 생각도, 그에 못지않은 두터운 친분을 쌓을 생각도 없었다. 그저 우리 딸이 너무 시리지 않게 '소속'이라는 울타리를 만들어주고 싶었을 뿐이었다. 태양을 공전하는 행성이 오직 지구 하나가 아니듯 같은 태양계 안에 머물지 않아도 함께 공전할 무리가 필요했을 뿐이었다. 나는 그들의 동행처럼 보이려고 노력했지만 잠시 후 그들이 아이들을 챙겨 어디론가 몰려가버린 탓에 홀로 남겨지게 되었다.

엄마들이 떠나고 나는 벤치에 털썩 앉았다. 어색함에 유아차를 너무 열심히 흔들었는지 둘째는 어느새 낮잠에 빠져 있었다. 그래도 첫째가 내 주위를 맴돌지 않는 것은 잘 놀고 있다는 신호였다. 나는 일어나 첫째를 찾았다. 첫째에게 다가가자 거의 울먹이는 듯한 딸아이의 목소리가 들렸다.

"나도 같이 놀아주면 안 될까?"

여섯 살 딸은 '적극적'이라는 내 말 뜻을 '구걸'로 알아들었나 보다. 하필이면 유치원에서 가장 견고한 무리, 자타공인 '삼총사'에 붙어서 애원하고 있었다.

아이들 중 한 명이 원피스의 흙을 탁탁 털며 일어났다. 아이들은 우리 딸보다 적어도 머리 하나는 커 보였다.

"우리 저쪽으로 가자."

손을 잡고 반대쪽으로 뛰어가나 싶더니 제일 먼저 일어났던 친구가 어색하게 서 있는 딸아이를 돌아보며 말했다.

"너도 이리 오렴."

묘한 말투였다. 아이들이 멀어지자 나도 엄마들에게 다가갔다.

"아, 안녕하세요. 여기들 계셨군요."

나는 차마 다가가지 못했던 삼총사 엄마들이 있는 곳으로 갔다.

침묵이 흘렀다. 엄마들의 화기애애한 분위기를 깨고 싶지 않았던 나는 단답형으로 대답할 수 없는 질문 중 너무 사적이지 않은 질문으로 분위기를 살려보고자 했다.

"다들 저녁에 뭐 드세요?"

하지만 내 생각이 짧았다. 그 질문에 대한 대답이 단답형이 될 수 있다는 것을 계산하지 못한 것이다. 한 엄마가 '네'도 '아니오'도 아닌, 건성으로 대답할 때 요긴하게 쓰는 한마디 '글쎄요'를 시전할 줄은 몰랐으니까. 한층 더 썰렁해진 공기에 나는 카디건 옷깃을 여몄다. 그때 풀이 죽은 모습으로 딸이 걸어왔다.

"엄마, 집에 가자."

시무룩한 아이 뒤로 귓속말을 하며 웃고 있는 아이들이 보였다.

"무슨 일 있어?"

내 물음에 딸은 아무 말 없이 터벅터벅 걸었다.

"친구들이랑 잘 놀았어?"

"……."

아이의 시선을 따라 나도 시선을 낮추자 어제 내가 유아차 짐칸에 던져놓은 마른 꽃단화가 눈에 들어왔다.

"오늘은 꽃다발 안 만들었어?"

명색이 선물이었는데 내가 너무 함부로 한 것 같아 미안한 마음에 물었다.

"아니, 만들었는데…… 애들이 자기네 유치원에 있는 꽃은 자기들 거라 따면 안 된다면서 뺏더니 밟아버렸어."

가슴이 철렁 내려앉았다. 유난히 거센 바닷바람의 짠 기가 내 눈을 찔러댔다. 처음에는 지금이라도 돌아가서 따져야 하나 싶었지만 새로운 환경에 적응하려면 작은 시행착오도 겪어야 하는 것이라 생각했다.

"그러게. 네가 잘못했네. 유치원 꽃을 왜 땄어?"

해가 아직 중천인데 바람이 유난히 찼다. 그런데 바람을 피할 곳이 없었다. 그래서 그 섬에는 길고양이도 살지 않는 모양이었다.

그 섬에서

　부동산에서는 분명 이 섬에는 '길냥이'가 없다고 했다.

　"엄마들이랑 있으면 얼마나 찬바람이 쌩쌩 부는지. 길고양이도 이곳에는 발을 못 붙인다는 게 이해가 된다니까."

　이사 온 지 반년이 지났건만 섬에 대한 속마음을 이야기할 수 있는 사람은 많지 않았다. 남편, 그리고 다리 건너 사는 우리 단지 편의점 점장님. 호리호리한 몸매, 깔끔한 옷차림과 손톱. 공기 반 소리 반으로 "어서 오세요" 하며 반겨주는 인사는 편의점보다는 단골 옷 가게나 동네 작은 커피숍에 어울렸지만 그래서 더 좋았다. 옷 가게나 커피숍과는 다르게 편의점은 주야장천 드나들 수 있으니까. 나는 두부는 물론 세탁 세제가 떨어져도 마트 대신 편의점에 갔다. 그녀는 어떤 이야기에도 늘 기분 좋게 호응해주었다. 낮 시간 손님이 별로 없던 편의점이 동네 조무래기들로 북적이게 된 걸 보니 아무도 없는 집보다는 비음 섞인 "어서 와" 하는 인사가 나만 좋은 것은 아니었나 보다.

'벌써, 퇴근했겠지?'

나는 아무 호응 없는 남편보다야 단골들의 이야기를 눈 반짝이며 듣는 만인의 그녀가 그리워졌다.

얼마 후, 나는 보았다. 1층 공동 현관 길목에 새가 죽어 벌렁 누워 있는 모습을. 죽은 새를 둘러싼 아이들은 새가 고양이에게 당한 것이라고 했다.

새의 사체를 치우러 온 경비 아저씨에게 나는 고양이의 존재에 대해 물었다.

"이 섬에는 길고양이가 살지 않는다고 들었는데……."

아저씨는 섬에는 길고양이가 살지 않지만 가끔 다리를 건너오는 떠돌이 고양이도 있다고 했다.

"도심에 사는 고양이가 먹이를 구하러 굳이 여기까지 온다고요?"

내가 반문하자 아저씨는 귀찮다는 듯 그렇다고 대답했다. 이곳은 지하로 이어지는 쓰레기 자동 집하 장치가 설치되어 있는 곳이다. 먹을 것도 없는 이곳에, 게다가 자기 영역이 확고한 고양이가 먹이를 구하러 온다는 것이 선뜻 이해되지 않았다.

"그러니까, 이 아파트에는 확실히 고양이가 안 산다는 말

쓲이시죠?"

"……."

"아니, 제가 얼마 전에 벤치 아래에 고양이 밥이 놓인 것을 봤거든요."

내가 그렇게 말하자 아저씨는 가녀린 새의 죽음의 소지를 본인에게 묻고 있다고 생각했는지 오가다 고양이 밥을 발견하거나, 밥을 주는 사람이 있으면 즉시 조치하겠다고 하고는 가버렸다.

토끼잠을 자는 남편과는 다르게 아기가 아무리 울어도, 누가 업어 가도 잠이 들면 좀처럼 깨지 못하는 나인데 새벽에 눈이 떠졌다. 불이 꺼진 고층 건물 위로 빨간 점이 깜빡, 아니 끔뻑였다. 비행 물체와의 충돌을 방지하기 위해 만들어진 항공장애등이 느리지도 빠르지도 않게 내 심박수를 나타내주는 것 같았다. 반은 죽고 반은 살아 있는 뇌사상태 환자의 심박수처럼.

거대한 인공섬은 완벽했다. 도로는 잘 정비되어 있었고 비바람을 맞지 않도록 지하에서 지하로 통하게 설계되어 있었다. 커다란 공원과 쇼핑몰, 도서관과 학교. 부족한 것이 없었지만 이 도시에도 완벽하지 않은 게 하나 있었다. 그 배경에 어울리지 못하고 겉도는 나. 내가 길고양이에 집착한 이유는 이곳에서 나 역시 길고양이가 된 것 같았기 때문이었다.

분명, 고양이가 산다. 오늘도 공동 현관 입구에 선물처럼 놓여 있는 죽은 새가 그 증거였다.

"여보, 여보. 진짜 우리 아파트 단지에 길고양이가 사는 것 같아."

나는 현관을 뛰어들어 오며 외쳤다. 이번에도 남편이 대수롭지 않게 말했다.

"그래? 큰일이네."

남편은 내가 이 완벽한 섬을 고양이가 망치기라도 할까 봐 걱정하는 줄 안 모양이다.

"큰일이라니? 고양이가 산다니까?"

나는 완벽해 보이는 이 인공섬에 나 말고도 외면받는 존재가 산다는 것에 대한 기쁨으로 들떠 있었다. 깨알 같은 수식에서 눈을 떼고 남편은 고개를 들어 얼른 내 눈치를 살폈다. 고양이가 좋은 건지 안 좋은 건지는 관심도 없고 빨리 내가 원하는 정답을 맞혀 종이에 코를 박고 싶은 간절한 눈빛으로.

몇 달 후 소풍을 가던 날 아침, 아이는 유치원에서 여전히 혼자였다. 신도시에도 텃세가 있을까 싶었지만 신도시 형성 시기를 놓치고 들어온 우리는 견고하게 이어진 관계의 어느 틈에도 스며들지 못했다. 죽어도 유치원에 가지 않겠다고 우는 아이를 달래 버스에 태워놓고 나는 풀이 죽은 아이에게 손을 흔들고 있었다.

그때 삼총사 중 한 엄마가 내게 다가와 물었다. 이야기를 나누긴 했으나 다 합쳐봐야 열 마디도 나누지 않았던 엄마가 나를 위아래로 훑으며 물었다.

"그런데…… 아빠는 무슨 일 하세요?"

덜덜거리는 차를 타고, 늘 덥수룩한 머리와 구멍 난 티셔츠 차림으로 아이를 데려다주던 아빠의 직업이 궁금했던 모양이다. 그 섬에 없는 것 중 또 다른 하나가 떠올랐다.

그날 저녁, 나는 창밖을 내다보며 언제나처럼 바닥에 엎드려 논문을 읽는 남편에게 말했다.

"여보, 이 섬에 없는 게 하나 더 있더라."

"뭔데?"

남편이 건성으로 물었다.

"임대아파트. 여기는 빌라도 없고 임대아파트도 없어."

나의 새로운 발견에 남편은 또 심드렁히 대답했다.

"그렇구나."

"진짜 이상하지 않아?"

"응, 진짜 이상해."

남편이 또 건성으로 대답했다. 크게 부자도 없지만 크게 가난한 사람도 없는 이곳. 비슷비슷한 사람들 속에서도 나는 섞이지 못한 채 겉돌고만 있었다.

다음 날, 나는 유치원에 첫째를 데리러 갔다.

“집에 가자.”

아이는 더 놀고 싶어 했지만 나는 아이의 손을 잡아끌었다. 나는 아이를 꽃집으로 데려가 꽃을 한 다발 사주었다. 집에 가서 꽃을 꽂을 병 하나를 내밀며 딸에게 말했다.

“엄마가 얼마 전에 꽃 꺾으면 안 된다고 했던 거 기억나?”

“응.”

“봐. 여기 있는 꽃들 말이야. 다 꺾어서 팔잖아. 어떤 꽃은 꺾으라고 심은 거야.”

“엄마 화났어?”

아이가 비장한 내 목소리에 놀란 듯 물었다.

“아니, 엄마가 잘못 생각했던 것 같아. 지난번에 네가 유치원의 꽃을 딴 행동은 ‘잘못된 행동’일지도 모르지만 남이 딴 꽃을 던지고 밟는 건 확실히 ‘나쁜 행동’이야. 한 나무에 수백 송이 피는 꽃들은 작은 바람에도 쉽게 지고 말 거야. 너는 흔들리는 꽃이 되지 말고 뿌리가 되렴. 홀로 어두운 땅속에 묻혀 있어도 언제든 꽃을 피워낼 수 있는 강한 뿌리 말이야.”

여섯 살짜리 딸에겐 너무 어려운 이야기였는지 딸은 내 말을 듣는 대신 가위로 꽃줄기를 싹둑싹둑 자르고 있었다.

딸에게 그렇게 말하긴 했으나 이상하게 속이 쓰라렸다. 나는 잠시 쓰레기를 버리러 간다며 밖으로 나왔다. 슬리퍼 차림으로 쓰레기도 가져오지 않고.

놀이터에 앉아 먹먹한 가슴을 한참 동안이나 부여잡고 있었다. 딸과 같은 나이에 낯선 곳, 낯선 환경에 던져졌던 어린 날의 내가 떠올랐고 엄마씩이나 되면서 여전히 무엇을 어떻게 해야 할지 모르는 내가 답답했다. 벤치에 앉아 멍하니 초록색 편의점 간판을 바라보다 주파수를 잡듯 휘청휘청 불빛을 향해 걸어갔다. 낭랑한 편의점 사장님의 목소리를 들으면 또 신이 날 것 같았기 때문이다. 하지만 안타깝게도 그녀는 저 멀리 다리 건너에 있는 집으로 퇴근한 후였다.

'니야옹.'

고양이 울음소리였다. 기척이 들린 수풀을 들춰보니 정말 고양이가 있었다. 고양이는 누군가가 가져다놓는 사료를 먹으러 오는 것 같았다. 나는 고양이를 보고 반가운 마음에 다가섰지만 고양이는 내가 거리를 좁혀가자 구도심을 연결하는 다리 쪽으로 도망가고 말았다. 섬 밖에 살 때는 오고 싶던 곳이었는데, 막상 들어오니 내가 그리워하는 것들은 모두 섬 너머에 있었던 것 같다. 나도 문득 탈출이 하고 싶어졌다.

이야기하기 위해

    비장한 각오로 눈을 떴다. 수도권 변두리 집에서 수업이 있는 홍대 앞까지는 최소 두 시간이 걸렸다. 차로 가면 훨씬 빠르겠지만 초행길인 것과 주차 비용까지 고려했을 때 역시나 대중교통을 이용하는 것이 안전했다. 자차로 첫째 유치원과 구도심에 있는 둘째 어린이집까지 데려다준 후 주변에 차를 세우고 버스와 지하철을 타야 하는 기나긴 여정. 밖은 아직 어두웠지만 시간이 없었다. 눈도 못 뜨는 아이들을 안아서 식탁 의자 위에 척척 얹었다. 아이들은 밥 생각이 없어 보였다. 우리 집에서는 평소 밥을 먹으며 동영상을 보는 것이 금지되어 있다. 영상을 보면서 밥을 먹으면 우리 뇌는 먹는다는 자각을 못 하기 때문이다. 그런데 지금 내게 필요한 것이 바로 그것이다. 아이들이 자각 못 하는 사이에 밥을 먹이고 옷을 입히고 나가는 것.

아침을 먹인 후, 밥을 먹은 자리에서 이를 닦이고 싱크대에서 세수도 시켰다. 옷도 '동영상 영향권'인 식탁 의자에서 입혔다. 마지막으로 현관으로 나와 신발까지 신긴 후 현관에서 동영상을 껐다. 동영상이 사라지면 체력으로 해결해야 한다. 한 놈은 안고 한 놈은 업어서 주차장으로 내려갔다. 차를 타지 않으려고 버둥대는 아이들의 다리는 상 접듯 착착 접어 잽싸게 넣었다. 첫째와 둘째를 유치원과 어린이집에 보내고 나니 꽃샘추위에도 땀이 한 바가지였다.

땀을 식히기 위해 창문을 열었다. 도로 끝, 신도시와 구도심을 연결하는 다리를 건넜다. 눈앞에는 잘 닦인 10차선 도로가 펼쳐졌다. 나는, 그 탄탄하고 드넓은 도로 위를 달리면서도 아이가 태어난 후 한 번도 놓은 적 없는 걱정을 했다.

'내가 너무 멀리 가는 걸까?'

"글쓰기 수업 다시 들어도 돼?"

"그럴래?"

남편은 분명 그렇게 대답했지만 이미 머릿속에서 내 말을 지운 것 같았다. 어쩌면 못 들어놓고 대답만 한 걸지도. 내가 다시 글쓰기 수업 이야기를 꺼내자 한숨을 '푹' 내쉬는 걸 보니 그랬다.

"거제도에서도 수업을 들으러 온대."

"애들은 어떻게 하고?"

수도권이라기에는 멀지만 그래도 대중교통으로 갈 수 있는 곳이라 빨리 끝내고 오면 아이들 하원 전에 돌아올 수 있다고 했다.

"조금만 더 기다려주면 안 될까?"

남편은 이사 온 동네에 조금 더 적응할 시간이 필요하다고 했다. 그리고 말이 유난히 늦은 둘째가 적어도 문장으로 말을 할 정도가 됐을 때, 그때 다시 '창작의 꿈'을 펼치면 어떻겠냐고 물었다. 하지만 언제까지고 집에만 있을 수는 없었다.

"나도 더 이상은 안 돼."

나는 단호하게 거절했다. 우리 상황이 안정되고 나서 배우면 어떻겠냐는 남편의 말에, 둘째까지 낳았으니 이제는 꾹꾹 눌러 담았던 꿈을 펼쳐야 할 시간이라고 답했다. 꿈은 둘째치고 숨이 쉬고 싶었다. 이 섬을 떠나 길고양이처럼.

전업주부가 어린아이를 어린이집에 보낸다는 행위에는 아직도 딱지가 붙는다. 업무태만, 아니 '엄마태만' 같은. 나는 부정적인 주위 시선에 무너지지 않으려고, 나를 위해 처음 시작한 이 공부를 취미로 끝내지 않으려고 눈만 마주치면 아이들을 붙들고 '꿈' 이야기를 했다.

"엄마는 다 컸는데 왜 아직도 꿈이 있어?"

수업을 갈 때마다 헤어지기 싫어 울어대던 첫째가 물었다. 나는 어떤 꿈은 나이가 들면 더 선명해지기도 하고 더 간절해

지기도 한다고 이야기해주었다. 나이는 숫자에 불과하다는, 나도 믿지 않는 이야기도 덧붙였다.

"엄마는 꿈이 뭔데?"

"엄마 꿈은, 엄마의 이야기를 세상에 남기는 거야."

아이는 영특하게도 호랑이가 가죽을 남기는 것처럼 엄마도 엄마 이름의 책을 남기고 싶은 거냐고 되물었다. 어마어마한 수업료를 받으며 속담만 가르치는 영재 학원의 국어 수업비가 처음으로 아깝지 않았다.

지하철을 탔다. 운도 좋게 급행열차. 아직 반도 안 왔지만 일사천리로 진행되는 과정에서, 더위도 내 마음의 불안도 빠르게 식었다.

'하늘도 나를 응원하는구나.'

응원까지는 바라지도 않으니 제발 방해만 하지 말라고 매번 하늘에 대고 이야기했는데, 일이 잘 진행되니 이마저도 불안했다.

실수하지 않도록 정차역마다 노선도를 살피며 남은 역을 손가락으로 꼽았다. 목적지에 가까워질수록, 아이들이 있는 곳과 멀어질수록 설렘과 불안이 동시에 커졌다. 손에 꼭 쥔 휴대전화 액정은 땀으로 얼룩졌다.

'무슨 일 있으면 전화하겠지.'

집에서 나온 지 꼬박 1시간 40분 만에 나는 홍대입구 역에

도착했다. 잊고 있었던 거리의 끈적거림이 나를 반겼다. 신기하게도 이곳 바닥은 아침에는 끈적거리고 밤에는 미끈거렸다. 대학 시절, 나는 이 바닥과 친했다. 하지만 맨정신으로, 그것도 아침에 홍대 앞 사거리를 밟는 일은 처음이었다. 게다가 그날 내디딘 발걸음의 종류는 차원이 달랐다.

아직 상점은 열지도 않았지만, 거리엔 청춘들이 넘쳐났다. 오늘 나온 건지 아니면 어제 나와서 아직 집에 안 들어간 건지 모를 어느 청춘의 파스텔 톤 머리카락이 반짝였다. 햇살같이 빛나는 머리카락을 보면서도 얼마 전 알 수 없는 죄책감에 혼자 노는 아이에게 사준 마론 인형이 떠올랐다. 또다시 내 마음속에 '내가 여기 있는 것이 옳을까?'라는 생각이 들었지만, 나는 길바닥에 굴러다니는 맥주 캔들과 젊은 열정으로 쏟아낸 토사물을 비장한 걸음으로 넘어섰다.

'엄마 이전에 나도 사람이야. 꿈을 꾸는 사람. 나도 이루고 싶은 것이 있다고.'

집을 나설 때부터 손에 들고 있던 휴대전화를 바라보았다. 이제 '엄마모드'는 잠시 꺼놓아도 될 것 같아 휴대전화를 '매너모드'로 바꾸려다가 아예 꺼버렸다.

이윽고 시작된 수업. 얼마나 오랫동안 기다려왔던 수업이던가. 그런데 수업이 시작되자마자 낯선 작가들의 이름이 오갔다.

'누구라고?'

모두가 끄덕이는 걸 보니 나만 빼고 다 아는 사람 같았다. 만학도의 특징답게 나는 노트에 깨알 같은 필기를 하면서 휴대전화를 찾았다. 지금 검색해놓지 않으면 까먹으니까.

'어디 있더라?'

가방을 뒤지고 주머니를 앞뒤로 털어보았지만 어디에도 없었다. 이제 겨우 한 달 된, 나에게 장착된 유일한 '신상 템'을 넓고 복잡한 홍대 거리 어딘가에 떨궈버린 것이다.

처음에는 침착하게 일어나서 강의실을 나갔다. 간 적 없는 화장실도 찬찬히 살폈다. 다시 강의실로 돌아와 옆 사람의 전화를 빌려 전화를 걸어봤다. 신호는 가는데 아무 반응이 없었다. 2주 동안 해외 출장을 떠난 남편의 한숨 소리가 지구 반대편에서 들려오는 것 같았다. 휴대전화 없이는 영원히 기억할 수 없는 깨알 같은 번호들. 누구에게나 너무도 쉽게 잠금이 해제되어버릴 것 같은 결제 시스템, 23개월의 위약금. 무엇보다 혹시나 아이들에게 무슨 일이라도 생기면……. 심장이 빠르게 뛰기 시작했다. 강의실을 이리저리 휘젓고 다니는 통에 어느새 이목이 집중되어버렸다. 그런 김에 에라 모르겠다, 수업 중간에 끼어들어 주변을 살펴달라고 이야기했다. 한번 창피하고 실속을 찾는 게 나으니까. 그러나 그 어디에도 내 휴대전화는 없었다. 얼굴이 화끈거렸다.

다시 밖으로 나왔다. 혹시나 하는 마음에 끈적거리는 바닥을 기다시피 하며 왔던 길을 되짚어 돌아갔다. 멀리서 해외 단체 여행객들의 웃음소리가 들렸다. 휴대전화가 분실되면 해외로 간다는 이야기에 애꿎은 이들에게 눈도 흘겼다.

'역시, 오지 말았어야 해.'

결국 나는 본분을 잊은 채 들떠 홍대로 뛰쳐나온 내가 밉고 원망스러웠다. 단순한 기계일 뿐인데. 이상하게 휴대전화를 떨궜던 감촉이 놀이동산에서 무심결에 스르륵 아이의 손을 놓쳐버리고 만 엄마의 손처럼 애달프게 손끝에 맺혀 있었다.

"우선 신고는 해드렸고요. 일주일 정도는 기다려보세요."

나는 손을 떨며 분실 확인서에 서명했다. 올 때는 어찌어 찌 찾아 왔는데 통신사 서비스 센터에서 나오자 길을 잃었다. 그렇게 잘 안다고 자신했던 홍대 앞 사거리는 결혼을 하고 아 이를 낳고 사는 동안 많이 변해 있었다. 빽빽이 들어선 간판 에 유난히 큰 글씨로 쓰여 있는 방 탈출 카페의 '탈출'이라는 단어가 여기저기서 눈에 띄었다.

'실패인가?'

오늘은 홍대의 길거리가 유난히 끈적거리는 것 같았다. 나 는 길을 걸으며 잠시도 꺼놓을 수 없는 엄마의 삶과 인간으로 서 이루고 싶은 꿈의 비례관계에 대해서 생각해보았다. 짐을 가지러 다시 강의실에 도착했을 때 수업은 끝나 있었다.

친애하는 나에게

섬 넘어 산

우리 가족은 결국 2년 만에 그 섬을 떠났다. 살기 좋은 곳임에는 틀림없지만 나에게는 곁을 내어주지 않았던 곳. 어디나 사람 사는 곳은 다 똑같고, 분명 나와 맞는 사람도 있었을 텐데 그것을 찾으려 노력하기에 나는 너무 지쳐 있었다. 결혼하고 여덟 번째 이사였다. 둘째가 대학에 들어갈 때까지 이사는 가지 말자고 해놓고 첫째가 초등학교를 들어가기도 전에 짐을 쌀 줄이야.

이삿짐센터 사람들은 이사 갈 집 주소를 읽으며 조심스럽게 말했다.

"아, 사다리차는 필요 없겠군요. 지하니까."

남편이 교수가 되면 지하로 내려갈 일은 없을 것 같았는데.

막연하게 섬을 떠나고는 싶은데 어디라고 콕 집어 생각한 적은 없었다. 설마, 내 몸뚱이 하나 눕힐 곳 없겠냐는 안일한 생각을 한 것도 사실이다. 그런데 어쩌다 눈에 띈 마음에 드는 매물들은 하룻밤 사이에 접근 불가능한 가격으로 올라버렸다.

"요즘이 어떤 시대인데요. 누가 직접 와서 집을 봅니까. 요즘은 집도 전화로 사는 세상이에요."

철부지 막냇동생 나무라듯 부동산 사장님이 말했다. 그리고 그 믿기 어려운 이야기는 우리가 부동산에 잠시 머무는 동안에도 실제로 이루어졌다. 정말로 집을 전화로 사는 사람도 있더라.

우리는 상황을 냉정하게 판단해보기로 했다. 우리의 경제적 여건과 환경. 일곱 번의 이사가 남긴 경험으로 비추어봤을 때 집을 찾는 데 가장 중요한 것은 '내가 살기 좋은 곳인가' 하는 점이다. 그래서 맨 처음 포기한 것이 주거 형태. 아파트는 너무 비쌌다. 우리는 그걸 바꾸어 말하자고 했다. 현재의 가치보다는 미래의 가치에 집중하자고.

우리는 각자 중요하다고 생각하는 점을 이야기했다. 아이들이 행복해야 하고, 이번에는 사람이 좀 북적이는 동네였으면 좋겠다, 대중교통이 잘 되어 있는 것도 중요하고 주변에 산책할 곳도 있었으면 좋겠고 무엇보다 가격이 쌌으면 좋겠다, 그리고 우리가 잘 알던 동네면 좋겠다. 물론 그런 곳은 없었다.

발품을 팔고 다녔지만 다리보다 마음이 더 아팠다. 처음에는 강가 평지에서 시작했다가 현실에 눈을 맞추다 보니 점점 지대가 높은 산 쪽으로 가고 있었다. 결국 우리는 귀소본능처럼 나의 본적 주소가 적힌 동네에서 멀지 않은 곳으로 향했다. 아버지의 어린 시절이 있는 곳. 하지만 아버지 때부터 지금까지 별로 변하지 않은 동네. 돈 없고 배고팠던 시절 누구나 한 번쯤 거쳐 갔다는 유명한 달동네. 그래서 재개발을 노려볼 수 있다고 했다. 신도시에 눈이 뒤집혀 뒤도 안 돌아보고 떠났던, '아내 같은 아파트'가 있던 동네와 비슷한 풍경 속으로 2년 만에 복귀한 것이다.

"여보, 이번에는 놓치지 말자."

과거 긁지 못한 복권에 대한 아쉬움으로 이번에는 마음을 단단히 먹고 집을 보러 갔다.

부동산 여자 사장님의 차를 타고 개미굴 같은 골목을 올라가자 차가 겨우 한 대 들어갈 만한 곳에 다닥다닥 집들이 붙어 있었다. 길 위의 광경은 도심이라고 믿기 어려웠다. 연탄이 밖에 나와 있어도 전혀 어색하지 않은 골목을 지나 비교적 큰 골목에서 차가 섰다.

"이 동네에서 제일로 좋은 집이에요."

사장님이 말했다. 다른 집들에 비해 좋아 보이긴 했다. 하지만 빨간 벽돌집의 나이는 못해도 30년은 넘어 보였다.

"디잉도오옹."

축축하고 어두운 복도. 초인종마저 오래된 카세트테이프처럼 질질 늘어지는 딩동 소리는 레트로 감성이라고 부르기에는 너무 낡아 있었다. 문을 두드리자 집 안에서 "누구세요?" 하는 소리가 들렸다. 초인종과는 반대로 목소리가 바로 옆에서 들리는 것처럼 쩌렁쩌렁 울려 살펴보니 벽은 얇고 문은 아귀가 맞지 않았다.

안으로 들어갔다. 집은 여느 아파트처럼 깨끗하지는 않지만 정결하고 아늑했다. 조금은 독특하고 감성적이며 분에 넘치지 않아서 모시고 살지 않아도 될 것 같은 집. 단 한 번도 주인이 바뀐 적 없는 그곳에는 여든이 넘는 할머니가 아들과 함께 살고 있었다.

할머니가 묵직하게 "해는 잘 들어요"라고 했다.

자식 자랑하고 싶은 마음을 누르며 '걔가 그래도……'라고 시작하는 듯한 '집부심'이 느껴졌다.

"여기 사는 동안 참 좋았어요."

집은 사람을 닮는다는데, 주인 할머니와 나는 공통점을 찾는 것이 어려울 정도로 달라 보였지만 집의 느낌은 편안해서 곧 나가야 한다는 게 아쉽게 느껴지기까지 했다. 우리 부부는 집을 구하며 처음으로 뜻을 같이했다. 그것도 5분 만에. 티셔츠 한 장 고르는 데도 한 시간이 넘게 걸리는 남편이 그렇게 빠른 결정을 하는 것은 처음 보았다.

제대로 된 주소를 확인한 것은 계약서를 받아 든 후였다.

주소가 지하 1층이라고 되어 있었다. 분명 계단을 올라갔으니 설마 지하일 거라고는 생각하지 못했다.

"아니, 이게 어떻게 된 일이죠?"

산 중턱에 자리 잡은 우리 집은 경사가 너무 심해서 반은 지하, 반은 지상에 걸쳐 있었던 것이다. 실제로는 3층이지만 주소는 지하인 집. 낡은 집을 프리미엄까지 얹어 사면서도 나는 누구보다 부자가 된 기분이 들었다.

사다리 필요 없냐는 이삿짐센터 직원의 질문에 나는 자랑스럽게 사다리가 필요하다고 했다. 그러면서 나는 우리 집이 무려 3층이라고 말했다.

"여기 지하로 쓰셨는데요?"

"그러니까요."

"……."

"신기하죠?"

뭐라 설명할 길이 없어서 얼버무렸다.

"그런데 골목으로 사다리차가 들어갈까요?"

"그럼요."

집 앞길에 인도는 없었지만 일대에서 가장 큰 도로가 놓여 있었다. 사다리차를 바짝 붙이면 차가 지나가는 데 큰 문제가 없을 거라고 생각했다. 대형 버스가 아닌 이상에야.

이사 날이 되어 가보니 그 좁은 골목으로 대형 버스가 다니고 있었다. 우리 집 바로 앞, 30도는 넘을 것 같은 경사로로 커다란 마을버스가. 사다리차를 세우려고 하는데 집채만 한 버스가 빵빵거리며 무섭게 내려왔다.

'설마 이 골목으로……'

집을 소개해준 사장님의 이야기가 떠올랐다.

"교통이 얼마나 좋은지 몰라요. 지대는 높지만 하나도 안 불편할 거예요. 마을버스가 2분에 한 대씩은 다니니까."

"에이, 무슨 마을버스가 그렇게 많이 다니겠어요."

"정말이에요."

이불을 깔고 누웠는데 언덕을 오르는 마을버스 소리가 빨간 벽돌 너머에서, 홑창을 흔들며 더 크게 들려왔다. 10분에 한 대씩. 현관에서 집 안 소음이 다 들렸던 것처럼, 여과 없이 들리는 소리에 머리 위로 버스가 지나다니는 것 같았다.

"여보, 그 집 기억나? 비행기가 천장 바로 위에서 날아다니던 집?"

"기억나지."

네 번째로 이사했던 집은 지금처럼 언덕에 있었지만 우리가 매달 지불하는 월세에 비해서는 모든 것이 월등한 곳이었다. 집을 보러 갔을 땐 전혀 눈치채지 못했던, 거실 창을 향해 돌진해 오는 커다란 비행기만 빼면.

비행기는 바퀴가 보일 만큼 가깝게 날아 아슬아슬하게 우리 집 지붕 위로 사라졌다.

"비행기, 윙윙."

처음 그 사실을 목격했을 때, 세 살배기 첫째는 손바닥으로 베란다 유리를 치며 즐거워했고 우리 부부는 입을 떡 벌린 채 서로를 바라보았다. 하지만 처음에는 그렇게 신경 쓰이던 비행기 소음도 딱 일주일이 지나자 전혀 들리지 않게 되었다. 신기하고 놀라운 인간의 적응력이다.

"이 소리도 일주일만 지나면 하나도 안 들릴 거야. 그치, 여보?"

토끼보다 잠귀가 더 밝은 남편은 내 말이 채 끝나기도 전에 버스 소리보다 더 요란하게 코를 골며 잠이 들어버렸다.

하얀 질병

"원인 불명의 폐렴이 중국 우한에서……."

"눈이 안 보여." 주제 사라마구의 소설 『눈먼 자들의 도시』
는 갑자기 눈이 하얗게 멀어버리는 전염병 때문에 한 도로가
마비되면서 시작된다. 나는 그런 세상이 소설에서나 나오는
이야기인줄만 알았다. 뉴스에서 전 세계를 뒤집어놓을 코로
나19 소식을 처음 접했을 때도 언론에서 말한 것처럼 한 도
시의 이름을 딴 폐렴은 먼 나라 이야기겠거니, 한반도를 무
사히 지나간 여느 호흡기 질병처럼 이번에도 잘 넘어가겠거
니 생각했다. 강 건너 불구경하듯 무심히 채널을 돌리며. 방
학이 끝날 무렵 들려온 감염증 소식이 다시 방학의 시작을 알
리게 될 줄은 예상하지 못했다. 평생 한 번뿐인 첫째의 초등
학교 입학식이 무기한 연기, 다시 말해 '취소'될 줄이야. 그
것도 모자라서 검은 날만큼 집에 있고 빨간 날만큼 등교를 하

게 되리라곤 꿈에도 몰랐다.

　초등학교 입학 선물로 동서가 첫째에게 선물해준 연분홍색 누빔 코트는 결국 옷장을 나서지 못하고 있다. 옷 주인의 신세도 별반 다르지 않다. 팬데믹으로 봄은 엿가락처럼 쭉쭉 늘어난 겨울방학의 연장선상에 놓여 있을 뿐이었다. 감염증은 계절을 집어삼키고 골목과 상권을 얼리는 것으로 부족해 사람들의 마음까지 꽁꽁 닫게 만드는 것 같았다. 이사 온 지 얼마 되지도 않아, 얼굴을 익히기도 전에, 문 앞에 붙어 있던 애들 좀 조용히 시키라는 옆집 사람의 싸늘한 메모가 그 증거였다.

　"아랫집도 아니고 옆집에서 쪽지를 붙였단 말이야?"

　사죄의 뜻으로 롤케이크를 옆집에 건네고 돌아온 남편은 믿지 못하겠다는 눈으로 몇 번이나 쪽지를 훑어보았다.

　이사 온 집은 살기에는 어떨지 모르겠지만 글을 쓰기에는 아주 적당한 곳이었다. 구도심의 낭만이 있는 곳. 오래돼서 가가호호 개성이 생겨버린 골목은 쓰러져가는 폐가에서조차 '힙한' 느낌이 났다. 나는 이사만 하면 창작의 불꽃을 태울 수 있으리라 고대했다. 그런데 또 이렇게 발목이 잡힐 줄이야.

　낡고 오래된 건물은 복잡한 구조로 이루어져 있었다. 같은 건물인데도 어떤 집은 복층이고 어떤 집은 화장실이 두 개고 어떤 집은 부엌이 뒤뜰로 나 있고. 얼마 전부터 가끔, 아이들과 안방에 있을 때 '똑똑' 하는 소리를 듣긴 했다. 하지만 대학 기숙사도 아니고, 그 소리가 옆집에서 보내는 '조용히 해!'라는 신호일 거라고는 생각도 못 했다. 쪽지를 받고 나서야 그 소리가 정확히 아이들의 발소리를 따라 들린다는 것을 알아챘다. 어느 날 새벽, 나를 깨울 만큼 또렷하게 들리던 옆집 말소리 때문에 나는 찬바람이 들어와 외벽이라고 생각했던 벽이 사실은 우리 옆집과 붙어 있다는 사실을 깨달았다. 벽은 방음은커녕 옆집 외풍마저 공유할 정도로 얇았던 것이다. 종잇장 만한 벽의 두께는, 아니, 뒤늦게 알게 된 그 사실은 내 삶의 질을 떨어뜨렸다. 아이들이 뛸 때마다 바닥에서 울려야 할 쿵쿵 소리가 확성기를 달고 내 머릿속에서 울리기 시작한 것이다.

쿵쾅쿵쾅쿵쾅쿵쾅.

90년대에 국민학교를 졸업한 나는 세상에는 세 가지 종류의 사람이 있다고 배웠다. 세상에 도움이 되는 사람, 도움도 피해도 주지 않는 사람, 그리고 피해를 주는 사람. 선생님들은 학생들이 거슬리는 행동을 할 때마다 구호를 외치게 했다.

'도움은 못 돼도 피해 주는 사람은 되지 말자.'

아이들이 뛸 때마다 나는 30년 전으로 돌아가 똑같은 방법으로 아이들을 교육했다.

"자, 따라해봐. 피해 주는 사람은 되지 말자."

그 말에 둘째가 눈물을 터뜨렸다.

"피? 피? 무서워."

아이들이 밖에 나가지도 못하는 상황에 집에서 아이들을 조용히 시키는 데는 텔레비전만 한 것이 없었다. 우리 부부는 상의 끝에 온 세상에 감염증이 창궐한 동안만이라도 아이들에게 '텔레비전 자유 이용권'을 한시적이나마 허락해주기로 했다.

온몸을 흔들어 깨워야 했던 아이들은 대한민국 대통령, 정권이 몇 번이나 바뀌는 동안에도 끄떡없는 '뽀통령'의 방송 시간에 맞추어 저절로 일어났고 그 어느 때보다 더 규칙적으로 변해갔다. 하지만 그것도 잠시, 텔레비전을 무제한으로 볼 수 있게 되자 아이들은 더 이상 텔레비전에 흥미를 보이지 않았다. 아이들은 오전이 지나기도 전에 스스로 텔레비전을 껐다.

"얘들아. 텔레비전 좀 더 봐."

나의 간절한 권유에도 아이들은 자꾸 다른 것으로 관심을 옮겼다. 움직이는 것을 쫓는 동물적 본성이 이끄는 것으로. 집 안에 존재하는 사물 중 가장 활동적으로 움직이는 약 160센티미터 길이의 생명체, 큰 덩치 때문에 잘 숨겨지지도 않는 '엄마' 같은 것으로.

스물네 시간, 내 일거수일투족이 아이들에게 노출되었다. 화장실에라도 다녀오면 아이들은 내가 먼 곳에라도 갔다 온 사람처럼 매달리며 내가 없는 5분 동안 일어난 일을 설명하느라 10분을 썼다. 육체적으로 힘든 것은 말할 것도 없었고, 그보다 더 힘든 것은 하루 종일 아이들의 이야기에 호응해야 한다는 점이었다. 특히 말문이 트이기 시작한 네 살짜리 아이의 '왜?'를 상대해보니 어린이집 선생님들께는 다음 생을 위한 '천국 가점'이라도 드려야 하는 게 아닌가 하는 생각이 들 정도였다. 네 살짜리만으로도 힘든데 엄마의 관심이 네 살에게만 쏠리는 것을 가만 두고 볼 여덟 살도 아니었다. 두 아이들이 번갈아가며 1분에 한 번씩 '엄마'를 외치는 통에 귀에서 피가 날 지경이었다. 잠시라도 숨을 돌리고 싶었다. 아이들이랑 조금만 더 같이 있으면 당장이라도 미쳐버릴 것 같았다. 아이들이 없는 곳으로 도망가야겠다고 다짐했다. 집 안에 있으면서도 아이들이 절대 들어올 수 없는 곳, 나의 글쓰기 세상.

"얘들아, 잘 들어. 지금부터 너희들이 엄마를 부르지 않으면 1분에 100원씩 줄게. 10분만 참아도 얼마일까?"

빨래를 한 장 갤 때마다 50원씩 받는 아이들에게 나쁜 조건은 아니라고 생각했다. 나는 그렇게 말하고 글을 쓰기 위해 얼른 책상으로 갔다. 문제는 아이들이 용돈을 버는 것에 비해 나가서 쓰는 돈이 너무 적다는 사실이었다.

준비, 땅. 글을 쓰려는 찰나 첫째가 들어왔다. 첫째는 내 책상 앞에 서더니 지갑에서 만 원짜리 한 장을 꺼내 나에게 건넸다.

"엄마, 이제부터 내가 엄마를 한 번 부를 때마다 100원씩 줄게. 자, 만 원이면 모두 몇 번을 부를 수 있을까?"

꼭꼭 가두어놓았던 열정은 한순간 뚜껑이 없는 냄비를 탈출하는 팝콘처럼 머릿속을 이탈해버렸다. 코로나19 시대. 어떻게든 육아와 글쓰기의 균형을 이루려던 나의 노력은, 마주칠 때마다 90도로 인사하는 나를 위아래로 흘기며 싸늘하게 지나치는 옆집 젊은 여자의 눈빛처럼 차갑게 식어버렸다.

설상가상 건망증이 심해졌다. 단어가 생각이 안 나고 방금 있었던 일조차 기억나지 않았다. 온몸 이곳저곳 돌아가면서 안 아픈 곳이 없는데 원인은 찾지 못했다. 모든 질병에 가능성을 열어두고 산부인과, 내과, 이비인후과 등을 가보았지만 딱히 문제가 될 만한 곳은 없다고 했다. 몸에 특별한 증상이 나타난 것은 첫째의 여덟 번째 생일날이었다. 전날도 몸이 으슬으슬 아팠는데 아침에 일어나 보니 밤사이 입과 혀에 구멍이 생기고 눈처럼 하얀 것이 덮여 있었다. 하지만 입천장과 혀가 맞닿을 때 느껴지는 작열감은 얼음보다는 뜨거운 불에 데인 것만 같았다. 눈이 있어도 보지 못하는 것처럼 입이 있어도 말을 하지 못했다. 미열도 있었다.

"어우 아아 (너무 아파)."

대형 병원에 갔다. 체온이 37.5도가 넘는 사람들은 동네 병원에서 진찰을 받지 못한다고 했기 때문이다. 병원 앞 텐트

로 만든 임시 진료소에는 나처럼 위중해 보이지는 않는 사람
만 있었다. 그러니까 신체 일부가 손상된 것 같은 사람은 없
었다. 그들은 경증임에도 나처럼 37.5도가 넘는다는 이유로
임시 진료소를 찾은 것 같았다. 오랜 기다림 끝에 한 의사를
만났다. 그분은 의사라는 직업에 갓 입문한 분 같았다. 다짜
고짜 코로나19 관련 설문지에 적힌 내용들을 물었다. 나는
코로나19 때문이 아니라 입속이 카망베르처럼 변해서 왔는
데, 말하는 지금 이 순간에도 3일은 족히 지난 바게트를 생으
로 씹는 것 같으니 그만 좀 물어보고 약이나 내놓으라고 말
하고 싶었다. 하지만 혀도 움직이지 못하는 주제에 마스크를
쓰고 그런 복잡한 이야기를 하기란 너무 어려웠다. 백문이
불여일견. 나는 잘 익은 메주처럼 쩍쩍 갈라져 하얗게 뜬 마
스크 속 혀를 보여주고 싶은 마음이 굴뚝같았지만 그는 한사
코 그 방법을 거절했다. 그가 한창 나와 씨름하고 있는데 이
번에는 다른 의사가 왔다. 그분은 앞서 진찰한 의사보다 입
문한 지 조금 더 된 분인지 마스크를 벗어보라고 했다. 내 입
속을 한참 들여다보더니 잔뜩 뚫린 모양새가 구내염 같긴 한
데 곰팡이마냥 입안을 덮고 있는 하얀 것의 정체를 확실하게
정의 내리기는 어려워 고통스러워하는 것 같았다.

　"언앵잉, 옥이 에으으웅 아이에요(선생님, 혹시 메르스는
아니겠죠)?"

　"네?"

"에으으요(메르스요)."

혀를 움직일 수 없는 상태로 이야기를 하니 의사는 전혀 알아듣지 못했다. 의사가 메모지를 건넸다. 나는 펜을 받아들고 내가 생각하는 질병을 종이에 옮겨 적었다.

'메르스.'

"네? 근래에 중동 다녀오셨나요?"

"앙이요, 으에 옹에에 우아 엉영아오 애어요(아니요, 근데 동네에 누가 걸렸다고 해서요)."

나는 아침에 받았던 안전 안내 문자를 떠올리며 말했다. 당황한 의사가 다급하게 전화 버튼을 눌러 더 오래된 경력의 의사를 찾기 전까지 나는 내가 코로나19를 메르스라고 말한 것을 조금도 이상하게 생각하지 못하고 있었다.

결론적으로, 나는 상황에 맞지 않는 '메르스'라는 단어 때문에 지적 결함이 있는 사람임을 어필했을지는 몰라도 치료는 받지 못했다. 마지막으로 만난 의사가 내 증상을 구내염이라고 진단 내렸다.

"이렇게 큰 병원까지 오실 필요는 없었는데요."

의사에게 그건 나도 잘 알고 있으나 열이 37.5도 이상이라 정부의 지침대로 여기까지 오게 되었다고 설명했다. 설명하는 동안에도 마른입으로 모래알을 씹는 고통을 느끼며. 어쨌든 의사는 치료를 하려면 코로나19 검사를 받아야 하고, 결과는 다음 날이나 돼야 나오니 그때 치료를 받을 수 있을 거라고 했다. 열이 나는 이유는 염증 때문일 것이고 그전에 잘 쉬면 열이 떨어질 수 있을 거라는 격려와 함께. 결국 나는 고통을 참으며 열이 내릴 때까지 기다렸다가 동네 이비인후과에서 세균성과 바이러스성 약을 적절히 배분한 칵테일 처방을 받았다. 구내염과 아구창, 그 사이 무언가. 면역력이 너무약해 당뇨환자나 면역체계 질환자 혹은 극히 몸이 쇠약한 노인이나 어린이가 걸리는 구강병에 걸린 것 같다고 했다. 마치 팬데믹의 영향이라도 받은 것처럼, 내 면역체계 전체가무너져 내리고 있었다. 딱 집어서 뭐라 진단하지 못하던 의사는 확실한 한 가지를 이야기했다.

"이런 병은 다 피로와 스트레스 때문이에요. 잘 먹고 잘 주무세요."

세상에는 수만 가지 질병이 있지만 질병의 근원은 모두 스트레스와 연관 있다는 것과 병의 치료 방법이 휴식이라는 점은 늘 흥미롭다. 하지만 더 흥미로운 점은 그 쉬운 한 가지를 지키지 못해 사람들은 병에 걸리고 또 쉬이 낫지 않는다는 사실이다. 나처럼.

교훈을 얻게 해주는 사람

출판사에서 메일이 왔다.

'유성은 선생님.'

남편에게 물었다. 나는 그들에게 가르칠 것이 없는데 왜 편집자가 나를 선생님이라고 부르는지를 말이다.

교수인 남편은 유독 존경하는 한 은사님을 '교수님'이라 부르지 않고 '선생님'이라고 불렀다. 본인을 비롯한 직장 동료 모두가 교수라서 그 호칭이 교수님보다 더 존경의 뜻을 내포하는 것 같기 때문이라고 했다. 나는 이참에 '선생'의 사전적 의미를 알아보고자 사전을 검색해봤다. 뜻이 무려 일곱 가지나 됐다. 역사적 관직처럼 나오는 무관한 뜻을 삭제하고 나니 몇 가지가 남았다. 가르치는 사람, 학예가 뛰어난 사람을 높여 이르는 말, 성姓이나 직함 따위에 붙여 남을 높여 이르는 말, 어떤 일에 경험이 많거나 잘 아는 사람을 비유적으

로 이르는 말 등. 사전의 뜻을 찾고 나니 선생님이라는 단어
가 주는 뭉클함보다 실제 뜻은 빈약했다.

　좋은 친구, 좋은 배우자, 좋은 스승을 만나면 성공한 인생
이라고들 한다. 다른 것들은 조금 더 살아봐야 알겠지만 학
업을 마친 지금, 돌아보면 나는 유독 스승 운이 없었다. 그나
마 평탄했던 초등학교 시절, 교사 중 한 사람은 전교에서 열
손가락 안에 드는 성적에도 나에게 나머지 공부를 시켰고,
또 다른 사람은 사소한 다툼에도 나를 전학시키겠다고 협박
했다. 나와 싸웠던 친구가 선생님이 건넨, 그 아이의 엄마가
사왔다는 음료수를 홀짝홀짝 마시고 있는 동안 말이다. 매를
맞는 것이 무엇을 해서가 아닌 무엇을 하지 않아서인 시절이
었다. 나는 명확하지 않은 이유로 꾸중을 들은 날이면 엄마
가 학교를 자주 찾아오는 아이들이 그렇게 부러웠다. 장대비
가 쏟아져도 마중 나오는 법이 없는 우리 엄마와는 달리 교무
실을 제집 드나들 듯 오가는 그들의 가방에는 관심과 존경을
담은, 선생님한테 혼나지 않을 하얀 봉투가 들어 있었을 테
니까.

　나는 글쓰기를 시작하게 해준 선생님을 뒤늦게 만났다. 경
상북도 한 바닷가 동네에 살던 시절, 어린아이가 걸어 다니
며 닥치는 대로 책장의 책을 끄집어낼 것을 알면서도 나는 첫
째를 데리고 도서관에 갔다. 마트가 아니면 딱히 갈 데도 없

었고 내 뒷덜미를 간지럽히는 오래된 책 냄새의 위로가 필요해서였다.

『마당을 나온 암탉』.

아이가 집어든 책의 제목이었다. 코팅된 하얀 표지에 닭 한 마리가 그려진 책이었는데 책은 모서리가 까지고 속장은 손때로 불어 오래된 헝겊처럼 너덜거렸다. 과장하면 책이라기보다는 청소할 때 쓰기에 더 어울릴 것 같은 모습이었다.

나는 그날 그 책으로 마음의 오랜 아픔을 닦았다. 분명 어린이 코너에 꽂혀 있었는데, 성인인 나를 울린 책. 아이를 안고 업고 재워가며 그 자리에서 책을 끝까지 읽었다. 휴지가 없어 아기 물티슈로 눈물을 닦으면서.

줄거리는 간단했다. 좁은 양계장 우리에서 평생 알을 낳았지만 한 번도 자기가 낳은 알을 품어보지 못했던 암탉 '잎싹'. 그녀는 폐계로 버려질 운명에서 탈출해 버려진 오리알을 품어 부화시킨다. 그게 잎싹의 꿈이었으니까.

나는 책의 서사가 모성애에 대한 이야기가 아닌 '꿈'과 '자아실현'으로 읽혔다. 책이 나에게 말하는 것 같았다. 괜찮다고. 늦었지만 꿈을 꿔도 괜찮다고. 그래서 도서관을 나오면서 새로운 꿈을 꾸게 됐다. 가르시아 마르케스의 책 제목처럼, '이야기하기 위해 사는' 꿈.

인터넷에 『마당을 나온 암탉』을 검색했다. 찾다 보니 한 기업이 운영하는 문화공간에서 그 작가가 수업을 한다는 것을 알았다. 작가 지망생을 대상으로 하는 수업. 공공사업의 일환으로, 수업료도 저렴했다. 그때는 이미 둘째가 내 배 속에 자리를 잡고 있었으나 며칠을 고민한 끝에 나는 겁도 없이 그 수업을 신청했다. 수업을 끝까지 들을 자신은 없었지만 안 들으면 후회할 것 같았다. 임신 6개월. 배 나온 것이 보일까 봐 가방으로 배를 숨기고 수업을 들으러 갔다. 혹시라도 임신 중이라고 하면 오지 말라고 할까 봐. 한 사람 수업료를 내고 두 명이 듣는 것은 반칙이니까.

글쓰기의 열정보다는 작가가 궁금해서 호기심에 시작한 수업은 배 속의 아기 덕에 많은 배려를 받으며 이어갈 수 있었다. 그 시간은 나만큼이나 배 속 아기에게도 최고의 태교 시간이었을 것이다. 수업을 듣는 동안, 밤새 과제를 위해 키보드를 두드리면서도 눈물이 날 만큼 행복했다. 나는 결국 만삭까지 배 속의 아기와 수업을 들었다.

아기를 낳고 아기가 백일이 되자 나는 다시 수업을 들으러 갔다. 출산휴가를 마치고 복귀하는 직장인처럼 백일 떡을 들고.

선생님과 글쓰기 수업에 대한 나의 애정은 훗날 인터뷰에서도 밝힌 적이 있다. 수업을 들은 사람들 중에서 굵직한 문학상을 받은 작가를 포함해 역량 있는 작가들도 배출되었다. 그래서인지 주변 사람들이 나에게 수업에 대한 문의를 해왔다. 하지만 수업은 더 이상 진행되지 않는다. 내가 수업에서 배운 것은 단순히 글쓰기뿐만은 아니었다. 글쓰기에 필요한 모든 지식을 우리는 이미 학교에서 배웠는지도 모른다.

수업은 200자 원고지 10매의 짧은 글을 주제어에 맞게 쓴 후 다른 사람의 글을 읽고 합평을 하는 식으로 이루어졌다. 분량은 참 짧은데 잘 쓰기도 어렵고 읽기는 더 어려웠다. 너무 짧아 핵심을 못 잡으면 쓰기가 어려웠고 다른 사람의 삶에 애정이 없으면 읽히지 않았다. 나와 다른 사람의 삶과 상처를 알아가는 치료의 시간과도 같았다.

글에는 좋고 나쁨은 있어도 옳고 그름은 없다. 기댈 곳 없던 내 삶을 글로 표현할 때 나는 처음으로 내 삶이 무조건적으로 받아들여지는 경험을 했다. 나는 글보다 나와 타인의 삶을 대하는 자세를 배웠다. 그리고 가장 중요한 한 가지, 나의 삶과 타인의 삶이 결코 다르지만은 않다는 교훈도 얻었다.

내 나름대로 선생님이라는 단어를 다시 정의해본다.
'타인을 온전히 받아들일 줄 아는 사람.'
그런데 타인을 받아들이다가 나를 잃어버리면 어쩌지?

출판사에서 받은 메일을 다시 읽어봤다. 하지만 아무리 생각해봐도, 내 이름 뒤에 붙는 선생님이라는 호칭은 어색했다. 결국 나는 답장 뒤에 추신까지 덧붙이고 말았다.

편집자님, 저는 가르쳐드릴 것이 없는데 왜 저를 자꾸 선생님이라고 부르시나요? 혹시 제가 그 교사인가요? 반면교사.

잠자리에 누웠는데 실없는 나의 말이 너무 가볍게 느껴질까 봐 후회가 됐다. 밤에 공중을 향해 차는 '이불 킥'. 그 시간은 하루 중 가장 큰 깨달음을 얻는 시간이다. 그러고 보니 나에게는 나만 한 선생님도 없다. 나의 부정적인 면을 통해 스스로 교훈을 얻게 해주는 훌륭한 선생님, 나는 나의 반면교사가 틀림없다. 다시 한번 선생님이라는 단어를 정의해본다.

'교훈을 얻게 해주는 사람.'

세상에는 좋은 선생님도 있고 나쁜 선생님도 있다. 그 두 종류의 사람이 같은 이름으로 불리는 것은 마음에 들지 않지만, 이런 정의라면 두 쪽 다 사용할 수 있지 않을까? 이제 나를 선생님이라고 불러도 좋을 것 같다.

다음 날, 편집자에게 답장이 왔다. 답은 간단했다. 출판사에서는 저자를 선생님이라고 부르는 것이 관례일 뿐이었다.

나의 친애하는

"삶은 고해다."

M. 스캇 펙의 책, 『아직도 가야 할 길』의 첫 문장이다. 석가의 가르침, '사성제'의 첫 번째 가르침이라고 한다.

기독교인인 나는 세상에 존재하는 책 중 성경을 가장 사랑한다. 그 이유는 성경의 인물들이 모두 평탄치 못한 삶을 살았기 때문이다. 사실 나는 그들이 고난과 시련에 허덕이는 모습을 읽고 있으면 내 삶에도 일말의 희망이 보이는 것 같아서 마음이 편해진다. '저런 인생도 있는데, 이 정도의 어려움 따위야' 같은. 예를 들어, 자식들은 죄다 죽고 재산은 몽땅 잃은 데다 온몸에는 악창이 나 기와로 몸을 빡빡 긁고 있는 욥을 보면 혀에 흰 곰팡이가 핀 정도는 아무 일도 아닌 것 같아 보인다. 누가 그러던데, 남의 불행을 통해 행복을 느끼는 것은 일차원적인 사고라고. 그래봤자 인간의 차원이 다 거기서 거긴데 뭘 그렇게 따지나 싶기도 하다. 어쨌든 삶이 고해라는 석가의 가르침은 내가 생각하는, 이생에서의 삶은 괴로움의 연속이라는 성경의 로그라인과 같다. 서로 다른 두 종교의 합일점. 그 말이 진리라는 사실이 두 종교로 인해 크로스 체크가 된 셈이다.

내가 삶이 고해라고 생각하는 이유는, 나는 항상 세상에서 내 존재를 정당화시켜야했기 때문이다. 그건 고역이었다. 하지만 영특했던 나는 어린 나이에 그 사실을 알아차렸던 모양이다. 네 살 때 집을 방문한 손님에게 "나는 피임을 잘못해서 태어났어요"라고 먼저 말함으로써 내 존재에 의구심을 갖는 사람들을 함구시켰고, 또 부모님의 귓불까지 붉히는 모종의 복수도 할 수 있었으니까.

어렸을 적 외국에 나가게 된 나는 늘 의지할 곳 없이 외롭고 버거운 환경에 놓였었다. 그리고 결국에는 커서 어른이 되었다. 몸만 자란 가짜 어른.

대부분 상처가 더 쓰라린 이유는 그 고통이 이해받지 못하기 때문이다. 때론 아무리 가까운 사이에게도, 가족은 물론이거니와 나 스스로에게조차 말이다.

우여곡절 끝에 듣게 된 수업, 과제의 제시어는 '나의 오래된'이었다. 나는 텔레비전에서 흥미롭게 봤던 문선공을 주제로 글을 썼다. 프린터로 대체되어버린 그의 직업에 대한 글을 써놓고 얼마나 뿌듯했는지 모른다. 수업에서 '작위적인 설정'이라는 합평을 받게 될지도 모르고 말이다.

다음 주제는 '나의 간절한'이었다. 마침 즐겨보던 텔레비전 프로그램에서 촉법소년에 대해 다루고 있었다. 그래서 나는 촉법소년을 주인공으로 글을 쓰기로 했다. 작위적이라는 평을 듣지 않기 위해 우연은 최대한 배제하고 구체적인 지명과 글에 등장하지 않는 주인공의 사돈의 팔촌까지 설정해놓고 글을 쓰기 시작했다. 겨우 200자 원고지 10매 분량의 글을 쓰려고 말이다. 하지만 역시나 좋은 평은 듣지 못했다.

"본인 이야기를 써보는 게 어때요?"

내가 또 못 알아들을까 봐 이번에는 선생님이 콕 집어서 말해줬다. '본인 이야기'. 처음 글을 쓸 때는 잘 아는 것부터 쓰는 것이 좋다며.

나의 이야기.

그날 집에 돌아와 하얀 종이 앞에 앉았다. 자신 있게 나에 대해 적기 시작했다.

'나는 태어났다.'

그러고는 어느 날, 대사관 사저에서 면접을 보던 날처럼 머리가 하얘지는 것을 경험했다. 10년도 더 지난 일이지만 그때나 지금이나 글을 쓸 수 없는 것은 언어의 문제가 아니었던 모양이다.

수많은 시간, 나는 '나'와 밥을 먹고, 여행을 가고 또 숱한 영화를 봤는데 나에 대해 쓸 것이 없었다. 나는 내 삶이 행여 나 이상하게 읽힐까 봐 두려워하고 있었다. 자존감이 약한 사람일수록 남의 험담에 정성을 들이듯이, 나는 '나'를 들킬 까 봐 남의 이야기만 주야장천 하고 있었던 것이다. 하얀 종 이 위에 작은 점만 찍어대다가 물음표를 하나 찍었다. 나는 누구인가 하는 물음표.

상담심리학에는 에포케Epoché, εποχη라는 말이 있다. 판단 중지. 나의 기준으로 상대를 판단하지 않는 것. 그것은 상담 심리에서 상담자가 내담자를 대하는 태도인데, 삶으로 넓히 면 타인을 대하는 올바른 태도이다. 하지만 내가 그런 시선 으로 나를 바라본 적이 있었던가? 나는 항상 색안경을 끼고 스스로를 바라보고 있었다.

나에 대해 쓰기를 포기한 나는 대신 편지를 썼다. 가장 먼 저 떠오르는 아팠던 기억 속의 나에게. 상황을 떠나, 잘잘못 을 떠나, 오로지 내가 느꼈을 감정에 대해. 이미 벌어진 일을 바꿀 수는 없겠지만, 같은 시간이 또다시 온다면 같은 역사 가 반복되겠지만, 한 가지는 바꿀 수 있다는 것을 알았다.

그건 '나'였다. 누군가 알아주기를 바라며 울고 있는 나에 게 괜찮다고, 많이 힘들었겠다고 썼다.

운이 매우 좋은 몇 번의 경우를 제외하면 나한테 상처를 준 사람에게 사과를 받는 것은 쉽지 않다. 나도 몇 번 시도는 해보았지만 더 큰 상처만 받을 뿐이었다. 결국 가장 가까이에서 나를 위로해줄 사람은 나와 하늘밖에 없다.

작은 사건이 트리거가 되어 감정이 가슴을 뚫고 훅 올라오면 모든 것을 멈추고 글을 썼다. 즐거우면 즐거운 대로 화가 나면 화나는 대로. 대부분은 화가 나기 때문이었지만.

메모지에 휘갈기듯 적은 날것의 글들은 대체로 공유할 내용이 못 된다. 사실 그럴 필요도 없다. 지나치게 사적이기 때문이다. 그런 글은 은밀한 연애편지처럼 세상에서 가장 허물없는 사람하고만 공유하면 된다. 과거의 나 말이다. 나는 사적인 일기를 개인적이면서 사적이지 않게 만드는 작업을 거치면 비로소 '글'이 된다는 것을 알아갔다. 풀을 빳빳하게 먹인 소창이 하얗고 톡톡하게 변하는 정련의 과정을 거치듯 지난한 퇴고의 시간을 거쳐야만 '쓸 만한' 글이 되는 것이다.

형체는 없지만 큰 영향력을 행사하며 부유하는 감정을 글로 정리하다 보면 많은 변화가 나타난다. 말로 할 때와는 또 다른 변화인데 글에는 가시적인 효과가 있기 때문이다. 감정과 상황이 종이 위에 구체적으로 재현된다. 잊고 있었던 것들은 가시화하는 과정에서 더 정확해진다. 아플 때도 있다. 애써 믿고 싶지 않은 타인의 진심이나 잘 숨겨놓은 상처를 마주하게 될 때는. 하지만 어떤 고난과 시련에도 내가 365일, 24시간 내내 아프진 않았다는 사실 또한 알게 된다. 분명 나는 그 과정 속에서도 틈틈이 맛있는 음식을 먹었고 잠을 잤고, 또 아무 생각 없이 텔레비전 앞에 앉아 웃기도 했을 것이다.

생각하지 못한 주변의 많은 것들이 우리를 응원했다는 사실도 알게 된다. 지나치는 사람들을 아랑곳하지 않을 만큼 처절하게 흘러내리는 눈물을 닦아주는 바람 같은 것 말이다. 찬바람이 쌩쌩 불던 미래적인 도시에는 따뜻한 편의점 사장님의 목소리가 있었고 산후우울증으로 허덕일 때는 언제든 눈물을 닦을 수 있을 정도의 소창 기저귀가 있었다. 외로움과 시련의 시간은 지나가며 다정한 '폴짝'도 선물했다.

슬프게도 상처는 주름과 같아서 한번 생기면 사라지지 않는다. 그뿐 아니라 이생에서의 삶은 늘 새로운 상처와 주름을 만들어내기까지 한다. 우리가 할 수 있는 일은 주름을 완전히 없애는 것이 아니라 주름을 정리해 플리츠를 만드는 것이다.

이제 내가 가지고 있던 문제 한 가지는 확실히 해결한 듯하다. '태어났다' 다음의 문장도 이어 쓸 수 있다는 것. 글을 마음에 담고도 넘쳐 이렇게 책까지 쓸 수 있다는 것. 나는 오늘도 애정을 담아 편지를 쓴다. 내 모든 글의 첫 번째 독자이자 수취인, 친애하는 나에게.

20201221

긍정보다는 우울과 비관이 어울리는 사람이다, 나라는 사람은. 그래서인지 나는 불행과 자주 눈이 마주치는 편이다. 내가 눈을 지나치게 크게 뜨고 불행을 관찰하기 때문일까? 불안도 유전이라는데 우리 부모님 중에는 그런 분이 없는 걸 보면 나는 정말 우리 부모님의 자식이 아닌가 싶기도 하다. 어쨌든 불행과 눈이 마주칠 때면 가슴이 답답해진다. 그런 감정은 억울함에 가깝다. 아무 잘못 없이 꾸중을 듣거나 벌을 받아 분하고 답답할 때 느끼는 감정. 그런데 곰곰 생각해 보니 그런 감정을 느끼면 안 될 것 같다. 내가 삶에서 무죄하지 않기 때문이다.

애초에 우리는 벌거숭이로 세상에 내던져진다. 불행인지 다행인지 모르겠지만 그런 우리에게는 '인생'이란 총이 하나 쥐여진다. 총에는 '운명' 또는 '숙명'이라 이름 붙은 총알이

들어 있다. 총알은 두 종류로 만들어진다. 같은 양의 '행운'과 '불행'. 행운의 총알에는 매우 낮은 확률로 나오긴 하지만 가끔 제조 과정에서 비율 조절을 실패한 '대박'이라는 총알도 섞여 있다. 엄밀히 말하면 불량이겠지만 그 총알도 무작위로 분배되어 각자의 탄창에 끼워진다. 믿는 사람에 따라 '우연' 또는 '숙명'이라는 이름으로.

똑같은 양으로 만들어졌지만 탄창에 넣을 때는 어떤 사람에게는 불행이, 어떤 사람에게는 행운이 더 많이 분배된다. 어떤 삶은 시작은 행운으로 가득하지만 끝으로 갈수록 불행의 총알이 더 많이 들어 있을 수도 있고 어떤 인생은 그 반대일지도 모른다. 그건 하늘의 영역이다.

인간인 우리가 내 손에 들어와 있는 총알이 무엇인지를 확인할 방법은 방아쇠를 당기는 것밖에 없다. 한정되어 있는 시간과 삶 속에서 지금 이 순간 '위기'라는 총알을 쏠까 두려워 방아쇠 당기기를 머뭇거린다면 우리는 다음 총알을 쏠 기회를 갖지 못하고 제자리에 머무를 것이다.

20201221, '이천이십 년 십이 월 이십일 일'. 삼진법으로 표현한 것 같은 숫자가 즐비했던 날. 나는 글로 이룬 첫 번째 대박 복권을 확인했다. 얼마나 들어 있을지 모를 내 '예술적 재능'의 총알을 소진하기로 마음먹은 지 얼마 되지 않아서.

아이들과 씨름하고 있던 저녁, 낯선 번호로 걸려온 전화를 받았다.

번호의 주인공은 본인을 〈한국경제〉 기자라고 소개했다. 순순히 자신의 직업을 밝히는 것이 더 의심스러운 요즘, 나는 섣불리 의심을 거두지 않고 물었다.

"네, 그런데요?"

"수필 부문에 응모하셨죠?"

"네, 그런데요?"

"네. 응모하신 작품이 당선되었습니다. 당선작은 「인테그랄」입니다."

당선 소식을 냉담하리만큼 침착한 톤으로 전하는 목소리는 그의 존재에도, 당선 사실에도 더 이상의 의심을 허락하지 않았다.

"내일 인터뷰하러 오시고요. 사진도 찍을 겁니다. 단장하고 오세요."

머릿속에 민요조 노래 첫 구절이 계속 울려 퍼졌다. 소싯적 프랑스에서 얼마 쌓지 못했던 학창 시절의 지식들은 그 깊이만큼이나 빠르게 녹아버린 것 같은데, 유독 음악 시간에 배웠던 노래 한 소절만큼은 머릿속에서 떠나지 않았다.

'봄이 왔어, 네 집에서 나오렴 Le printemps est arrivé, sors de ta maison.'

로또 당첨처럼 천만금을 쥐지는 못했지만 엄마도 아내도 아닌 인간 유성은으로 이룬 쾌거였다. 우리는 누구나 크고 작은 성공을 하며 자라온다. 하지만 이번 성공은 나에게 전혀 다른 의미였다. 이미 반짝이는 나이가 지난 나는, 내 운명에도 재능으로 이룰 '대박'이라는 총알이 들어 있으리라 상상도 못 했다. 당선 소식을 들은 밤, 나는 어느 토요일에 확률을 계산해서 복권 번호라도 알아낸 사람처럼 내가 대견했다. 들떠서 한숨도 잘 수 없었다.

사실 내가 신춘문예에 당선될 수 있었던 것은 내 '재능' 때문이다. 글쓰기 실력이 뛰어나지 않다는 것을 아는 재능. 그 재능은 실로 대단한 것이다.

헛된 꿈과 희망에 부풀었던 이십대 때와는 다르게 서른이 넘어 깨달은 사실이 있다. 천재의 재능은 너무도 빛나서 아무리 감추려 해도 숨겨지지 않는다는 것이다. 긁고 안 긁고를 선택할 수 있는 복권이 아니라 처음부터 당첨 번호가 찍혀 나오는 복권. 이 나이 먹도록 출판은커녕 라디오에 소개될 만한 사연조차 쓰지 못했다는 것은 나에게는 천재의 재능은 없다는 뜻일 테다. 그러니 당연히 기대도 하지 않았고 잘되지 않을까 봐 두렵지도 않았다. 글을 쓰는 것 자체가 즐거우니 남이 알아주면 감사하고 안 되면 그만일 뿐이었다. 열정을 쏟았지만 큰 성공을 거두지 못했던 지난날, 오랜 강박과 불안에 시달려온 내가 얻은 실패의 교훈이다. 나는 내가 그냥 평범한 사람임을 인정하는 것이, 특별히 뛰어난 재능이 없다는 것이 두려웠다. 대단한 사람이어야만 하는 줄 알았기 때문이다. 그래야 사랑받을 줄 알았다. 내가 나를 사랑해주기 전까지는.

평범하면 평타 정도는 치며 살 줄 알았는데 아무리 아등바등해도 평균을 못 따라가는 내 삶을 자신에게라도 위로받고 싶어서 글을 썼다. 신춘문예에 응모를 하게 된 것은 갑자기 찾아온 '코로나 블루'로 스스로 하는 위로가 통하지 않을 만큼 외로움이 커졌기 때문이었을 것이다. 누군가 내 글을 읽어주면 그 고통이 좀 덜어질까 하는 기대에서.

꼭 에세이를 써야겠다는 생각도 없었다. 남편과의 만남이 그러했듯이, 이 모든 것은 타이밍과 상황 때문이었다. 지하철에서 손바닥만 한 그림만 그리는 삽화가가 있다고 한다. 그림을 그릴 만한 곳이 지하철뿐이라 그렇다고 했다. 나는 감염증으로 갇히게 된 집 안에서 아이들과 선선한 거리 두기를 유지할 곳이 글밖에 없어 글 속으로 숨어들었고, 그렇다고 또 아이들을 돌보며 긴 글을 쓸 수는 없어서 짧은 에세이를 쓰기 시작했다. 쓰다 보니 한 번쯤 내 글을 응모해 평가받고 싶다는 생각이 들었다. 우연히 신춘문예에도 '수필 부문'이 있다는 것을 알게 되어 응모하게 된 것이었다.

부모님은 내가 가끔 글을 쓴다는 것은 알았지만 남에게 보일 만큼 진지하게 글을 쓰고 있다는 사실은 몰랐고 시부모님은 내가 글을 쓰는지도 몰랐다. 친구들도 마찬가지였다. 수업을 듣는다고 했을 때도 가볍게 이야기했던 터라 문화센터

나 다니겠거니 했다.

당선 소식을 전하자 양가 부모님은 놀랐고 또 누구보다 기뻐했다. 친한 친구는 당선 소식을 알리자 곧바로 축하 메시지가 꽂힌 화분을 들고 찾아올 만큼 들떠 있었다. 당선 사실에 놀라지 않았던 사람은 응모 직전까지 나의 글을 읽어준 남편뿐이었다.

"글 솜씨가 예전보다는 많이 나아졌더라고. 예전에는 한숨만 나왔는데. 이번에는 나도 재미있게 읽었어."

나에게서 찾을 수 있는 작가다운 면은 성격뿐이라던 그에게, 우편함에 꽂힌 광고지보다 내 글을 더 하찮게 여기던 그에게 처음으로 칭찬 비슷한 말도 들었다.

억만금을 받은 것도 아닌데, 나는 로또에 당첨된 것보다 신춘문예에 당선된 것이 훨씬 기쁘다. 로또에 당첨된 적이 없어서 그 기분에 대해서는 확신하지 못하겠지만. 정말이지 누군가 10년에 한 번 나올까 말까 하는 액수의 로또 1등 당첨과 수많은 신문사가 매년 개최하는, 주요 장르도 아닌 수필 부문 당선 중 하나를 고르라고 하면 나는 단연 후자를 선택할 것이다.

내가 천재였다면, 어렸을 때부터 글쓰기에 두각을 나타냈더라면 이 정도로 기쁘지는 않았을 것 같다. 오히려 상을 대수롭지 않게 생각했을지도 모르겠다. 하지만 수많은 박수의 영광을 맛본 사람들과 다르게 별 볼 일 없이 하루하루 살아가는 곁다리 부품 같은 나에게 당선은 실로 엄청난 '대박'이었다. 완전한 '공짜'는 아니었지만 지불한 대가에 비해 너무나 크게 주어진, 행운. 당선이 외로움의 무게는 덜지 못했어도 어쨌든 이번에 쏜 총알은 명중이다.

들꽃처럼

　새해 아침. 내 신춘문예 당선 기사가 실린 신문을 사러 갈 생각에 들떴다. 집에서 1킬로미터도 떨어지지 않은 곳에 신문사가 있었지만, 신문을 손에 넣기란 결코 쉽지 않았다. 나조차 구독을 멈춘 종이신문은 어느새 시대의 유물이 되어버렸기 때문이다. 나는 새해 신문을 손에 넣기 전, 신문사 앞 전용 게시판에서 내 기사를 확인했다. 일주일은 설렜고, 일주일은 멍했고, 그 후에는 허무했다.

　당선 직후 얼마간은 혼란스럽기도 했다. 장르에 중요도가 어디 있겠냐마는 시, 소설, 동화처럼 단행본으로 탄탄대로가 이어지는 다른 부문과 달리 에세이는 위치가 애매했다. 나도 당선 전에는 내가 에세이를 쓰게 될 거라고는 한 번도 생각해보지 않았다. 새로운 칭호를 '득템'했음에도 어느 노래 가사처럼 세상은 어제와 같았고 달라진 것은 들뜬 내 마음뿐이었다. 무언가 쓰긴 해야 하는데 무엇을 어떻게 써야 할지 감조차 잡히지 않았다.

책이라도 읽을 요량으로 나의 롤 모델, 치아만 빼고 다 닮고 싶었지만 닮은 곳이라고는 치아뿐인, 박완서 작가의 산문집 전집을 읽기 시작했다. 하지만 손에 잡히지 않는 건 펜이나 책이나 마찬가지였다.

어영부영 시간이 지나 시상식이 거행되는 날이 온 것이다. 시상식은 오후였지만 아침부터 부산스럽게 옷을 다려 입고 메이크업을 했다. 감염증으로 참석 인원은 최소한으로 제한되었는데, 시상식 전 관계자와 당선자들이 간단한 만남의 시간도 갖는다고 했다. 신문사 회의실도 들어가 오랜만에 양복에 넥타이를 맨 사람들을 만났다. 떨리지는 않았다. 그때까지는.

"자, 이제 시상식장으로 이동하겠습니다. 당선자분들은 수상 소감 준비하시고요."

수. 상. 소. 감. 당선 소식을 전해 들은 날부터 한 달이 넘게 지났지만 소감에 대해서는 한 번도 생각해본 적이 없었다. '코시국'에 시상식이라야 작은 홀 같은 데서 간소히 할 거라 생각했는데 안내자의 인도에 따라 입장한 홀에는 안방만 한 샹들리에가 매달려 있었다. 시상식은 순조롭게 진행되었다. 신문사 사장님의 인사말과 김인숙 소설가의 축사. 주옥같은 말들이었다. 하지만 그 말들이 귀에 들어올 리가 없었다. 잠시 후면 전해야 할 나의 수상 소감 걱정이 귓구멍까지 가득 차 있었기 때문이다.

주부로 산 지 어언 10년. 아이 친구 엄마나 매장 직원이 아닌 사람을 만난 지도 까마득한데 '사람들' 앞에 서서 이야기를 해야 하다니.

'꽃'이었다. 주체할 수 없는 떨림에 조금이나마 의지가 될까 돌아본 남편의 자리, 남편보다 먼저 내 눈에 들어온 것은.

그와 만난 지 얼마 안 됐을 때였다. 화원 앞을 지날 때면 평소 잰걸음에 버퍼링이 걸렸다. 다리는 멀어져도 꽃에서 눈을 떼지 못했다. 그런 나를 의식했는지 남편은 내게 꽃을 사주겠다고 했다. 그때마다 나는 내 주머니만큼 가벼웠던 학생의 주머니 사정을 고려해 그를 만류하곤 했다. 대신 주인이 따로 빼놓은, 두 개에 천 원 하는 반쯤 시든 벽돌색 플라스틱 화분을 골랐다. 두고두고 볼 수 있는 화분이 더 좋다는 자연스러운 거짓말을 보태면서. 식물이 좋아 집에 책보다 화분이 더 많은 나인데 이제 특별한 날 꽃 한 다발쯤은 선물할 여유가 생겼음에도 그가 꽃을 선물하지 않는 것을 보니, 남편은 가난에 대한 나의 우회적 표현을 곧이곧대로 믿어버린 모양이다.

추운 겨울 그가 건넨 빨간 장미 한 송이로 우리의 인연은 시작되었지만 나는 사실 장미보다 작약을 좋아한다. 홑작약보다는 크고 화려한 겹작약을 좋아한다. 연분홍의 작약이 너무 탐스러워, 매일 집에 두고 보려고 작약 뿌리도 구해 발코니에 심어보았다. 봄에 심은 구근은 어찌어찌 봉우리 맺는 것까지는 성공했는데 무슨 일인지 결국 꽃은 피우지 못하고 떨어져버렸다. 역시 나는 화려함과는 어울리지 않는 사람인가 보다.

수상작과 내 이름이 불렸을 것이다. 아마 그랬을 것이다. 단상 위로 올라간 나는 아래에서 생각한 것보다 더 많은 인원에 당황해 남편의 꽃다발을 바라보며 멍하니 있었다. 반쯤 넋이 나간 상태로 남편이 건네는 꽃다발을 받았다. 크고 화려한 꽃은 없었지만 작은 꽃이 어우러진 정직한 느낌의 꽃다발. 너무 세련되거나 고급스럽지 않아 오히려 나와 조화가 잘 된다는 생각을 했다.

소감을 이야기할 차례였다. 나는 얼마 전 남편의 연구실에서 읽었던 에세이로 이야기를 시작했다.

"당신 연구실에 이런(기호로 적히지 않은) 책이 있었어?"
"누가 줬어."
책의 저자는 놀랍게도 수학자였다. 남편은 그가 전 세계적으로 유명한 대가라고 했다.

이따금 머리를 갸우뚱하며 수학이 인류에게 무슨 득이 되냐고 묻는 사람들이 있다. 그런 질문을 받을 때마다 나는 이렇게 대꾸한다.

"제비꽃은 제비꽃으로 피어 있으면 되는 것이지. 그것이 봄의 들녘에 어떤 영향을 미치는지 따위는 제비꽃이 상관할 바 아니지 않소?"*

수학이라는 것도 인간의 정서를 표현하는 일이라고 한다. 저자는 "동양적 정서를 프랑스어라는 도구를 사용하여 논문으로 표현한 것" 외에는 아무것도 한 것이 없다 했다. 그 맥락에서 보면, 너무나 달라 보이는 남편과 나도 같은 일을 하고 있는 것이다. '정서'를 옮기는 일. 우리는 우리에게 내리쬐는 빛의 양과 세기에 따라 '나'라는 꽃을 피우고 그 정서를 세상에 옮기는 일을 하고 있다.

대학 시절 동아리방 문에 쓰여 있던 것처럼 내 글이 세상의 틀이 되지는 못했어도, 딸에게 밝힌 나의 바람처럼 척박한 환경에서 수많은 꽃을 피우는 튼튼한 뿌리가 되지 않아도 괜찮다. 나는 그냥 나이면 되는 것이다. 이 거대한 세상에 나라는 정서를 작게나마 피어낼 수 있다는 것만으로도 감사하며.

* 오카 기요시, 정회성 옮김, 『수학자의 공부』(2018, 사람과나무사이).

그날은 내가 너무 떨어서 무슨 이야기를 했는지 모르겠다. 머릿속에서는 꽤 괜찮은 말들이 떠올랐는데 입 밖에 꺼내놓으니 혀가 엉켜버렸다.

"내가 뭐라고 했어?"

기억 못 하기는 나만큼이나 긴장했던 남편도 비슷했다. 다음 날 아침, 나는 새해가 밝았을 때처럼 남편의 손을 잡고 신문을 사러 갔다. 기사에는 횡설수설, 복잡미묘했던 소감이 기자의 글솜씨로 깔끔하게 정리되어 있었다.

이 커다란 세상에 작게나마 내가 피어 있다는 것만으로, 그래서 이렇게 글을 쓸 수 있다는 것만으로도 감사하면서 앞으로도 들꽃처럼 열심히 피어 있겠다.

그래, 내가 하고 싶은 말이 바로 이 말이었다.

혼자 할 수 없는 직업

마지막으로 단체 사진까지 찍고 단상에서 내려왔다. 시상식도 끝났는데 속이 울렁거렸다. 그때, 낯선 여성 한 분이 다가왔다. 심사위원 중 한 명이라고 본인을 소개했다.

"인테그랄, 제가 뽑았어요."

1차 심사 790편의 수필 부문 원고를 심사위원 세 분이 나누었는데 마침 내 원고가 그분의 심사 분량에 들어 있었다고.

"감사합니다."

간만의 외출이라 어떻게 반응해야 하는지도 몰라 연거푸 '네', '감사합니다' 같은 말만 하다가 얼떨결에 헤어졌다. 손에 남은 것은 그분의 명함 한 장.

시상식장을 나서려는데 이번에는 검은 코트를 입은 다른 여자분이 다가왔다.

"수필 부문 당선자시죠?"

검은 옷, 왠지 낯이 익다. 꽃다발은 작년 당선자가 건넸는데 내가 그분께 꽃을 받았나 보다.

"아! 작년 당선자신가요?"

"아니요, 그분이 못 오셔서……."

"아! 그럼 그분 대신 저한테 꽃을 주셨군요?"

"아닌데요. 문우회 회장이에요……."

집에 와보니 꽃다발이 두 개, 하나는 남편이 준 것이고 또 다른 하나는 분명 주최 측에서 준 것 같은데 누가 줬지? 화분에 꽃을 옮겨 담고도 미스터리는 풀리지 않았다.

집에 와서야 정신이 든 나는 그날 받은 명함을 확인했다. 〈한국경제〉 대표이사의 명함과 심사위원이었던 권남희 번역가의 명함. 그러고 보니 내 생에 모든 칭찬을 다 담은 것 같은 심사평을 써준 심사위원들에게 감사 인사도 전하지 못했다. 이제 수상도 끝났으니 인사 정도는 해도 될 것 같아 기자에게 연락처를 물어 인사를 전했다. 권남희 번역가에게는 명함도 받았는데 메일 한 통 정도는 보내도 되지 않을까 싶어 메일을 썼다. 다음 날 바로 답 메일이 왔다. 메일은 원고지 200자 26.9매 분량. 그 분량을 보고 나는 이분도 만만치 않은 이야기꾼이라는 걸 알았다.

꽃다발의 의문도 풀렸다. 전년도 당선자가 오지 않아 대신 꽃다발을 전해주었다는 것이다. 내가 무려 심사위원한테 꽃다발을 받았다니! 그런데 내가 남편에게 집중하느라 권남희 번역가가 건넨 꽃은 받지도 않았다고 한다. 내가 그랬었나? 어렴풋이 그날의 기억이 나는 듯도 하다. 소감을 생각하느라 정신이 없는데 꽃다발과 상패 전달의 동선이 얽혔던 기억이. 하지만 이 자리를 빌려 한 가지 풀고 싶은 오해가 있다. 내가 남편에게서 눈을 떼지 못했다면 그것은 한때 그에게서 강하게 비쳤던, 나에게만 보이던 후광 따위 때문이 아니라 행여나 이 남자, 실수하지 않을까 하는 조바심 때문이었을 것이다.

신춘문예와 시상식 이야기의 다른 버전은 권남희 번역가의 산문집 『혼자여서 좋은 직업』 중 「신춘문예로 만난 인연」에서도 확인할 수 있다. 나는 권남희 번역가 덕에 내 책이 나오기도 전에 먼저 이름이 책에 실리는 영광까지 얻었다.

권남희 번역가와 나는 심사위원과 당선자의 인연으로 만나 메일을 주고받기 시작했다. 소감에는 당당히 알아봐주지 않아도 피어 있겠다고 했지만 원고 청탁은 오지 않았고, 계약을 한다고 해도 잘 쓸 수 있을까 하는 부담감 또한 상당했다. 슬럼프에 빠졌던 시간, 권남희 번역가와 주고받는 메일은 부담감 없이 즐겁게 쓸 수 있는 유일한 글이었다.

『혼자여서 좋은 직업』에는 30년 차 일본 문학 번역가의 일상이 담겨 있다. 제목이 인상적이었다. '혼자'라니. 이제 어엿한 직장인이 된, 메일과 책을 통해 너무나 친근해진 이름, 딸 정하 씨. 권남희 번역가는 이제 엄마로서의 벅찬 과제를 끝내고 온전히 작업에 매진할 수 있는 시간을 누리고 있는 듯했다. 글을 쓰는 사람으로서 그의 기록이 질투가 날 만큼 부러웠다. 지금도 이 짧은 문장 하나를 완성하기 위해, 감염증으로 임시 휴원한 어린이집에 아이를 보내지도 못하고 가뜩이나 작은 책상, 아이에게 반이나 자리를 내어주고 가끔 무릎에 앉혀 어르고 달래며 '나 한 번, 너 한 번' 독수리 타법으로 타자를 누르는 나에게는 물리도록 작업에 매진할 수 있는 환경이 정말이지 꿈만 같은 일로 보였다.

'혼자여서 좋은 직업'이라. 내 직업은 어떨까? 우선 '엄마'라는 직업은 이상하다. 혼자는 할 수 없고 누군가 시켜줘야 할 수 있다. 내가 낳은 누군가가. 그런데 한번 계약하면 그 계약은 파기할 수도 없다. '구 엄마'는 없기에 이건 뭐 종신도 아니고 누군가 하나 현세에서 지워진다 해도 끝이 나지 않는다. 글 쓰는 것도 마찬가지인 것 같다. 내가 낳은 작품이 나의 이름을 달고 세상에 나온 이상, 한번 작가가 되면 평생 작가라는 이름을 걸고 살아가니까.

수상 후 나는 다른 심사위원들께도 감사 인사를 전했다. 그중 마음산책 출판사 정은숙 대표에게서도 뜻하지 않은 큰 선물을 받았다. 다른 신문사 새해 칼럼에 내 이야기를 썼다는 것이었다. 답 문자를 받자마자 기사를 찾아보았다. 당선작이 밝은 태양처럼 빛났다는 문장에서는 내 몸이 붕, 하늘

가까이 날아갈 뻔했다. 누군가 내 글을 읽어준 사람이 있다는 것도 감사한데 이렇게 분에 넘치는 칭찬을 받자 울컥했다. 화장기 하나 없이 통통 부은 얼굴의 나를 아이들이 공주님처럼 예쁘다고 해줬을 때처럼. 엄마와 작가, 아이와 독자. 두 직업 모두 많은 사람에게 사랑받기는 쉽지 않지만, 적어도 알아주는 누군가가 있다는 것이 주는 위안은 말로 표현할 수 없이 기쁜 일이다.

"엄마! 엄마!"

그럼 그렇지. 어째 조용한가 싶더니 아이들이 목이 터져라 나를 부른다.

"아, 왜에?"

"언니가…….."

"간다! 가!"

엄마라는 직업과 글을 쓰는 직업. 나는 일어나는 순간까지 모니터와 키보드에서 눈과 손을 떼지 못한다. 혼자이길 간절히 원하지만 그래도 주위가 소란스럽다는 것은 홀로 외롭게 피다 사라지지 않아도 된다는 방증이 아닌가, 스스로를 위로하면서.

우리의 '인테그랄'

「인테그랄」의 초고는 결혼한 지 3개월이 채 지나지 않았을 때 썼다. 결혼 전까지는 해가 뜨지 않는 아침에 대해 깊이 생각해본 적이 없었다. 우리는 한겨울 북유럽의 작은 도시에서 결혼 생활을 시작했다. 결혼식의 여독이 풀리지 않은 상태에서 비행기를 탔다. 두 번의 환승. 꼬박 하루를 날아가 점심 무렵 비행기에서 내려 처음 발을 디딘 낯선 땅에는 말 그대로 무릎까지 눈이 쌓여 있었다. 물가를 걱정하며 잡동사니까지 이민 가방에 쓸어 담을 때는, 무릎까지 쌓인 눈 위의 캐리어 바퀴가 가방 무게를 더할 뿐이라는 것은 미처 생각하지 못했다. 무엇보다 중천, 우리 머리 위를 훤히 비춰야 할 해가 보이지 않았다. 극야였다. 여름에는 해가 지지 않고 겨울에는 해가 뜨지 않는 나라.

빛의 부재는 자연경관의 아름다움도 신혼의 반짝임도 보이지 않게 했다. 신기하리만큼 길눈이 어두운 남편. 나는 비행기에서 내리자마자 거대한 짐과 이제 막 가족이 된, 못 미더운 남자와 함께 무릎만큼 눈이 쌓인 길 위에 남겨졌다. 눈앞이 캄캄했다. 빛이 되어 서로를 비추어주지 못했던, 미숙했던 지난날이었다.

북유럽 소도시에서 시작한 신혼, 차가운 빵 조각에 기대 하루 일과를 마쳤을 저를 생각하며 12센티미터 소스 팬으로 야채를 볶고, 밥을 하고, 심지어 국까지 끓여놓아도 남편은 고맙다 하는 법이 없었다.

"뭐 하러. 시간 아깝게."

많지도 않은 그릇을 꺼내 예쁘게 음식이라도 담아내면 또 그렇게 말했다.

"뭐 하러. 설거지 귀찮게."

「인테그랄」은 나와 너무 달라 이해할 수 없던 남편의 기기묘묘함을 쓴, 또 그런 그에게 내 마음을 알아달라고 말하는 편지 같은 글이었다. 스탕달의 『적과 흑』 같은 명작도 번역본에 오타가 두 개나 있어서 읽기 싫다며 라면 받침으로 쓰던 그에게 「인테그랄」의 초고를 내밀었을 때 그가 물었다.

"도대체, 이런 글은 왜 쓰는 거야?"

본인도 본인이 풀고 있는 문제가 세상에서 어떻게 쓰일지 모른 채 풀고 있으면서 나에게는 왜냐고 묻는 그의 오만함과

뻔뻔함에 치가 떨렸다.

글쓰기 수업을 들을 수 있었던 결정적인 계기는 남편의 '가방' 타령이었다. 가방보다 꽃이 좋은 나는 그깟 가방 따위 필요도 없었는데, 남편은 늘 내게 변변한 가방 하나 사주지 못한 것을 아쉬워했다. 둘째를 임신하니 남편의 가방 타령이 또 시작되었다. 저는 낡은 지갑 하나 못 바꾸면서. 하지만 이번에는 가방을 사주겠다는 말에 나도 물러서지 않기로 했다.

"응, 좋아. 그런데 가방 대신 돈으로 주면 안 될까?"

나는 그 돈으로 글쓰기 수업을 등록했다.

내가 처음 쓰기 시작한 글, 「인테그랄」. 미리 써놓은 원고 가운데 나는 하필 「인테그랄」을 택하여 신춘문예에 응모했다. 이 글은 거짓말 안 보태고 수백 번은 퇴고한 것 같다. 잡지사에 보낼까 하다 말았고, 그림책 원고가 되었다가 마지막으로 에세이가 되었다. 그때마다 남편도 같은 글을 반강제로 읽어야 했다. 자신의 이야기가 낯간지럽게 쓰여 있는 이야기를 읽으며 그는 무슨 생각을 했을까? 하루가 멀다 하고 몇 번이나 똑같은 글을 고쳐 들이미는 것은 오렌지레드와 오렌지핑크 립스틱을 바른 뒤 둘 중 뭐가 더 어떻게 예쁘냐고 묻는 것처럼 곤혹스러웠을 테다. 마지막까지 졸린 눈을 부릅뜨고 함께 오타를 찾아준 남편이 새삼 고맙다. 그러고 보니 신춘문예 당선 작가도, 세상 가장 소중한 아이들의 엄마도 이 남자랑 함께하지 않았다면 불가능했겠구나 싶다. 곧 죽어도 커피는 예쁜 잔에 마시던 내가 사은품으로 받았던 컵에 우유를 따르고, 거기에 물을 한번 둘러 마시고 그것도 모자라 다시 주스까지 마시는 '아줌마'가 되어가는 동안, 남편과 나는 많이 달라졌다. 신혼 때 썼던 「인테그랄」 원고도 퇴고에 퇴고를 거쳐 장르가 변했듯이 남으로 처음 만난 우리도 이제는 좋든 싫든 서로의 인생에 상당 부분 관여하며 가족이라는 하나의 형태를 이루었다.

나는 상금으로 남편이 항상 감탄하며 바라만 보던 만년필을 샀다. 교수가 되면 사주겠노라 약속했는데 이런저런 경제적 사정으로 미뤄놓았던 선물을 늦게나마 사게 된 것이다. 큰마음 먹고 갔어도 노년을 넘긴 우리 차의 중고가보다 훨씬 비싼 만년필 가격에 좀 놀라긴 했지만. 여전히 세상에서 무서운 게 전기세이고 한 번도 새 냉장고를 써본 적이 없는 나는 그날 상금의 반 이상을 만년필 한 자루에 썼다. 만년필 한 자루를 샀을 뿐인데, 대형 서점 회원 등급이 일반에서 단숨에 VIP로 뛰었다. 언니에게 물려받은, 문짝 유리가 깨져버린 냉장고를 사는 것이 더 시급한 일이었을지도 모르지만, 오랜만에 온전히 내가 번 돈으로 고가의 선물을 사는 기분이 썩 나쁘지만은 않았다.

두 손으로 만년필을 꺼내 든 남편은 조심스럽게 잉크를 넣었다.

"하. 뭐 만년필 하나로 덜덜 떨어? 그렇게 못 쓸 것 같으면 이리 내놔."

내가 손을 내밀자 남편은 얼른 만년필을 등 뒤로 숨겼다. 한참을 망설인 끝에 남편은 만년필을 꺼내 선 하나를 그었다. 하얀 종이 위에 파란 직선이 하나 그어졌다.

"줘봐. 나도 한번 써보자."

나도 그 아래 선 하나를 그렸다. 함수의 그래프처럼 차이가 클수록 유의미해진다는 주제로 쓴 「인테그랄」. 우리의 결혼 생활 그래프는 이제 무한정 넓어지지도, 소멸되지도 않는 적절한 평행선을 그리며 안정적인 면적을 갖게 되는 것 같다. 인생이라는 변화무쌍한 구간에서 언제 어떻게 변할지 모르지만, 이 평행선 그래프도 나름의 의미가 있다는 생각이 든다.

허락된 날까지 나를 찾아서

나리 나리 미나리

초등학교 문턱이 이렇게 높은 줄은 몰랐다. 초등학교는 그냥 저절로 가는 곳이라고 생각했으니까. 애초에 사립학교 같은 데는 보낼 마음도 없었다. 이사와 아이의 초등학교 입학. 두 일정이 엉키지 않게 하려고 새로 입학할 학교에 먼저 서류를 제출했다. 부동산 계약서와 인터넷으로 찾은 학구도상의 초등학교는 나와 인연이 깊은 학교였다. 아버지가 졸업한 학교였기 때문이다. 무려 1896년에 개교한 학교. 어렸을 적 아버지가 이 학교 앞을 지나가면서 아련한 눈빛으로 차창 밖을 가리키며 했던 이야기가 생각났다.

"여기가 내가 나온 학교야."

아버지는 오랜 세월을 더듬어 교가도 불렀다. 지금은 바뀌었지만 학교가 미나리밭에 만들어졌다고 해서 교가 가사에 미나리가 들어 있었다. 무려 소파 방정환이 아버지의 선배라고 했다. 그때는 미처 몰랐다. 내가 이 초등학교에 아이를 보낼 거라고는. 반세기가 훨씬 넘는 시간을 건너 우리 딸이 아버지의 후배가 될 것이라고는.

피치 못할 사정이 생겨 예비 소집일에는 아버지에게 대신 가달라고 부탁했다. 아버지는 70년이 지나 다시 학교 운동장을 밟는 것을 감개무량해했다. 당신의 입학 날을 회상하며 벌써 아이의 체육복도 맞추고 와서는 학교 안내 책자를 건네면서 이것저것 설명하는 아버지는 당신이 입학하는 것처럼 들떠 있었다.

학교는 관공서와 회사들이 있는 높은 빌딩 숲 한가운데 자리 잡고 있었다. 그런데 인터넷카페와 주변 사람들에게 수소문해보니 학교 분위기는 도심보다 시골 학교 같은 느낌이 강했다. 신도시의 학구열에 데어본 적이 있는 나는 그 분위기가 마음에 들었다. 다만 한 가지, 통계에 나타난 숫자가 우려스러웠다. 학생 수가 너무 적었기 때문이다. 한 반에 겨우 열다섯 명. 그것도 세 학급. 60번 대까지 있던 나의 학창 시절을 돌이켜보면 믿기 어려운 인원수였다. 구도심에 있는 학교는 주거지역의 노후화와 빠른 고령화로 큰 타격을 받은 것 같았다.

"여보, 우리 애가 잘 적응할 수 있을까? 다른 애들은 다 동네 친구들이라 서로 친할 텐데."

이렇게 작은 학교에서 마음 맞는 친구를 찾지 못한다면, 지난겨울처럼 아이에게 혹독한 시간이 될까 걱정이었다.

하지만 정작 전입신고를 하고 보니 놀랍게도 주민자치센터에서 아이가 배정 받을 곳이라고 알려준 학교는 옆 동네 다른 학교였다. 교육청 학구도안내서비스나 부동산 계약서에 적혀 있던 학교로 입학 준비를 했던 우리는 믿지 못할 상황에 몇 번이고 이게 맞는 것인지를 되물었다. 이미 다른 학교에 신청을 다 마쳤는데 어떻게 된 일이냐며. 주민자치센터 직원은 어깨를 으쓱하고는 "여기, 그렇게 되어 있네요"라며 서류를 가리킬 뿐이었다. 그분의 잘못은 아니니까 우리 부부는 어안이 벙벙한 표정을 하고 밖으로 나왔다.

"어쩌면, 신이 주신 기회일지 몰라."

나는 진심으로 그렇게 믿고 있었다.

우리 딸이 배정된 초등학교는 이전 학교보다 학생 수가 무려 두 배 넘게 많았다. 게다가 내가 그토록 환상에 사로잡혀 부르짖었던 학교 오케스트라도 있었다. 물론 집에서 학교까지는 1킬로미터가 넘게 떨어져 있었지만 맹모삼천지교라는 말도 있는데 큰 문제가 될 것 같지는 않았다. 나는 미리 등록했던 학교에 이 사실을 알렸다. 마침 방학이라 교감 선생님께서 전화를 받았다. 알고 보니 우리 아이가 배정될 학교 구역은 원래 그곳이 아니었으니 다른 곳으로 가야겠다고 사정을 말했다. 교감 선생님은 알겠다며 1학년에 한에서는 다른 구역 학생들의 입학도 가능하다는 설명을 덧붙여주었다. 교감 선생님의 따뜻하고 친절한 목소리에 마음이 흔들렸다. 아버지에게 행정구역상 다른 학교 소속이라는 이야기를 전하자 아버지의 목소리에도 실망한 기색이 역력했고, 딸아이도 할아버지가 졸업한 학교를 다니게 될 것에 벌써 애정을 느끼고 있었는데 바꾸자니 역시 마음에 걸렸다. 하지만 가끔은 엄마로서, 아이들 교육에는 냉정한 판단도 필요하다 싶어 마음을 다잡았다. 사람은 자고로 큰물에서 놀아야 하니까, 학생이 많으면 뭐가 달라도 다르겠지.

  새로 서류를 들고 찾아간 학교의 분위기는 전에 보내려 했던 곳과 사뭇 달랐다. 마침 주변에 새 아파트 입주가 시작되어 전학 오는 학생이 한두 명이 아니라고 했다. 학교는 분주했고 내 질문에 친절히 설명할 겨를도 없어 보였다.
  갑자기 창궐한 코로나19로 입학이 늦어졌다. 그리고 4월이 돼서야 온라인수업을 시작하겠다고 했다. 문자로 교과서 배부 안내를 받고 얼마 지나지 않아 나는 아이를 맞아줄 예비 담임선생님의 전화를 받았다. 교과서가 부족하니 입학통지서를 받았던 학교로 연락해서 교과서를 받을 수 있을지 묻는 전화였다. 입학할 아이의 교과서가 준비되지 않았다는 이야기에, 그것도 원래대로라면 3월 초에 받았어야 할 교과서가 4월이 돼서도 준비되지 않았다는 이야기가 조금 이상하긴 했지만 지금은 아무도 예상하지 못했던 특수 상황이니까 이해하기로 했다. 나는 아이의 예비 담임선생님 지시대로, 행정구역도 다르고 12월에 이미 입학 포기 서류에 사인도 마친, 이사 오기 전 동네의 초등학교에 전화를 걸어 당당하게 교과서를 요구했다.

"네? 여기서 받으라고 했다고요? 학교에 교과서 준비가 안 되어 있다고요? 그럴 리가 없을 텐데요."

교무 선생님이 의아해하며 되묻기 전까지는 번거롭긴 해도 이게 그렇게나 난감한 상황일 줄은 몰랐다.

"우리 학교는 여분의 교과서가 있긴 해요. 그런데 여기까지 오실 수 있겠어요?"

당황스러웠다. 미처 그 먼 길을 다시 가야 한다고는 생각 못 했기 때문이었다. 국민 누구에게나 공평하게 초등교육의 기회가 주어진다는 교육 선진국 대한민국에서, 초등학생 누구든 값없이 주어지는 교과서 하나 받기가 이렇게 힘들다니. 아이를 입학시키기도 전에 진이 빠져버렸다.

아이는 빨간 리본으로 귀엽게 포장한 교과서와 학용품을 받았다. 체육복도 받았다. 미나리를 닮은 초록색 체육복. 결국 아버지가 나온 학교에 다시 입학을 하게 되었기 때문이다. 우리는 뒤늦게나마 전학을 감행했다. 입학이 늦어져서 가능한 일이었다.

예전과는 다르게 학교에 학생 수가 많은 것이 큰 장점인 세

대가 되었다. 학생 수는 학교의 입지나 동아리, 방과 후 활동에도 영향을 미치니까. 세태와 반대로 가는 우리의 결정은 학교에서 아이가 얻는 것은 지식뿐만이 아니라는 믿음이 있었기에 가능했다. 같은 교재로, 같은 진도로 학습한다고 해도 학교 분위기, 그 안에 담긴 정서도 같을 수는 없다는 생각이 들었다. 학교 역사가 깊은 만큼, 역사에 가족사까지 더해지면 아이들에게는 애교심이 생긴다. 학생 수가 적은 환경도 오히려 선생님이 꼼꼼히 눈을 맞춰주고 더 많은 이야기에 귀를 기울여주는 좋은 바탕이 될 거라고 생각했다.

우리의 이런 선택은 생각보다 많은 장점을 가져다주었다. 선생님은 얼마 되지 않는 등교 일수에도 우리 아이의 성향을 정확하게 파악하고 있었다. 전국적으로 온라인수업으로 전환된 시기에는 학교 서류 봉투에 넣어 다치지 않게 스테이플러 끝이 셀로판테이프로 한 번 더 감싸진, 정성스럽게 처리된 학습 꾸러미가 집으로 배달되었다. 학교 이름이 수놓인 미나리색의 보조 가방. 학교에서 받은 것 중 어느 하나 정성이 미치지 않은 것이 없었다. 감염증의 창궐로 인원수에 제한을 두어 수업을 진행하게 되자 인원이 적은 이 초등학교는 전교생이 매일 등원할 수 있는 행운도 얻었다. 겉으로 크고 좋아 보이는 것을 포기하고 작은 것을 취했던 선택이 뜻하지 않게 빛을 발한 것이다.

정문 앞에 노란 단풍잎이 한 잎 두 잎 쌓이면 학교는 높은 빌딩 속, 새 둥지처럼 포근해진다. 아이는 오늘도 보안관 선생님이 전교생의 이름과 보호자의 얼굴을 다 외우고 있는 학교로 등교를 한다. 이사 온 지 얼마 안 돼 학교 앞 육교를 혼자 건너던 아이는 이제 외롭게 등교하는 법이 없다. 친구가 없으면 기다리고, 친구가 앞서가면 뛰어간다. 아이는 오늘도 누구보다 행복한 표정으로 집을 나섰다. 육교 너머에서 아이를 바라보며 나는 우리 아이도 어느 땅에든 잘 적응하는 미나리처럼 풍성하게 자라기를 기도했다.

문어와 비싼 취미

문어를 좋아한다. 이왕이면 다리가 여덟 개 다 달린, 사발 크기의 돌문어를 좋아한다. 문어는 숙회로 먹는 것이 가장 맛있지만, 사실 먹는 것보다 그리는 것을 더 선호한다. 검은 먹물을 콕 찍어 한지에 퍼뜨려 문어의 피부 질감을 표현하는 것도 좋고 담채화로 움직임을 표현하는 것도 좋다. 문어 그리기를 좋아하는 이유는 문어 자체를 좋아하기 때문이다. 사냥할 때의 민첩함도 좋은데 바닷속에서 '문워크'처럼 걷는 문어의 귀여운 움직임도 좋다. 문어의 유연함은 놀라울 정도다. 문어는 적을 만났을 때 먼저 공격하는 법이 없다. 일단 바위 사이로 숨거나 주변의 다른 물체로 위장한다고 한다. 어떤 물체로도 몇 초 만에 그 질감과 색감을 표현할 수 있다는 점이 너무나 매력적이다. 문어의 신경세포가 몸과 다리에 밀집해 있기 때문에 가능하다고 한다. 문어는 뇌의 간섭 없이 여덟 개나 되는 다리로 맛을 보고 냄새를 맡는다고 한다. 세상 부러운 일이 아닐 수 없다.

일 벌이는 데는 문어발 저리 가라 하는 사람을 잘 알고 있다. 학창 시절, 시험 기간에 한 과목씩 진득하게 공부하던 우등생들과 다르게 그 사람은 한 과목에 집중하지 않았다. 예를 들어 수학, 아니 수학은 공부해본 적이 별로 없으니, 영어를 하다가 국어를 하고 국어를 하는가 싶으면 어느새 영어 공부를 하고 있었다.

배우는 것이 취미인 이 사람은 세상 모든 것에 관심을 보인다. 새로운 강좌를 들을 때마다 그의 가족, 동거인의 주름은 깊어진다. 강좌도 그냥 듣는 법이 없다. 극단으로 치달을 때까지 몇 날 며칠을 하다가 언제 그랬냐는 듯 갑자기 손을 놓고 다른 것에 몰두한다. 그래서 취미 하나가 정리되었나 싶으면 놓은 취미를 다시 시작한다.

이 사람의 성격을 단적으로 보여주는 것은 도서관 대여 목록이다. 일관성이 전혀 없어 보이는 목록을 들여다보고 있으면 혼란스럽기까지 하다. 내가 이 사람을 이렇게 잘 알고 있는 이유는, 그게 바로 내 이야기이기 때문이다.

그에 반해 남편은 나와 성격이 정반대다. 수학 말고는 딱히 좋아하는 것도 취미도 없다. 스스로 일을 벌이지 않으니 내가 벌인 일에 끌려다닌다. 그러면서 늘 투덜투덜한다. 결국 잔일은 그의 몫이기 때문이다.

남편과 나는 속담 하나를 두고도 다르게 해석한다.

'구르는 돌에는 이끼가 끼지 않는다.'

이끼가 내공을 뜻하기 때문에 이끼가 쌓일 때까지 한 가지를 꾸준히 해야 한다는 남편의 해석과, 잔류가 되지 않으려면 굴러야 한다는 나의 입장 차이는 극명하다.

하지만 남편이 잘 모르는 게 한 가지 있다. 새로운 일을 시작할 때 나는 전에 하던 일을 포기하지 않는다. 먼저 하던 일을 더 잘하기 위해 새로운 일이 필요한 것이다.

글 마감을 코앞에 두고 그림 그리기에 빠져 있는 내가 남편은 몹시 마음에 들지 않는 눈치다. 글을 쓴다고 들어가놓고 그림을 그리고 있자 남편은 5분마다 방문을 열어 빼꼼 쳐다보더니 결국 한마디 한다.

"취미 활동도 좋지만 지금은 주업에 더 매진하시는 것이 어떨지."

"제가 알아서 할게요. 이것도 글쓰기의 일환입니다."

방문을 닫아도 저 멀리서 들려오는 남편의 한숨 소리가 귓구멍을 간지럽힌다. 남편은 믿기 어렵겠지만 내 말에는 일말의 거짓도 없다. 나는 지금 그림을 그리면서 글을 쓰고 있다. 내 직업은 '표현'하는 직업인데 지금 나는 글로 표현이 되지 않는 것을 그림으로 표현하고 있을 뿐이다.

문제는 시간이다. 한 분야에만 매진하기에도 벅찬 시간을 글, 아이, 가족, 취미와 나누어 써야 하는 입장이라 늘 난감하다. 그래서 남편은 내가 글을 쓰는 행위 외의 모든 활동을 '비싼 취미'라고 부른다. 새로운 것에 빠져 있는 시간 동안은 공동체 운명인, 남편과 아이들의 소중한 시간도 희생될 수밖에 없으니까. 이제는 정말 선택의 순간이 왔다는 생각을 한다.

마감이 얼마 남지 않았지만 그림책 관련 수업을 듣던 중, 선생님이 회와 고기 중에 무얼 더 좋아하냐고 물었다. 나는 망설임 없이 '둘 다'라고 대답했다.

"아니요, 회를 더 좋아하시는 게 틀림없어요."

고기를 좋아하는 사람은 절대 '회'라고 답하지 않기 때문이란다. 생각해보니 고개가 끄덕여졌다. 내가 고기를 좋아하지 않는 것은 아니다. 하지만 평생 회를 먹지 못하는 것과 고기를 먹지 못하는 것을 생각하면 선호도가 분명해진다. 구운 고기보다 육회를 더 좋아하는 것도 그렇다. 고기를 좋아하는 사람은 취향이 분명해 더 잘 밝혀지는 것이고 회를 좋아하는 사람은 분간하기에 조금 더 시간이 걸릴 뿐이다. 그럴싸한 이야기다.

나에게 글과 그림 중 하나를 선택하라는 것은 '엄마랑 살래, 아빠랑 살래?'와 같다. 다 함께 살고 싶다. 꼭 한쪽만 선택하라면 하긴 하겠지만.

아. 나는 왜 머리도 하나, 팔도 두 개, 다리도 두 개뿐이란 말인가. 문어가 부럽기만 하다.

눈을 감고 생각해본다. 내가 홀로 무인도에 남는다. 한 가지만 가져갈 수 있다. 물감과 펜 중에 무엇을 택하겠는가. 머릿속으로 내 모습을 그려본다. 광활한 바다 한가운데, 작은 섬에 나는 갇혀 있다. 오두막 창문으로 책상 앞에 앉아 있는 내가 보인다. 천장에서 내려다보니 하얀 종이가 보인다. 나는 못 다 한 그림의 꿈을 이루고 있을까, 아니면 당선으로 어느 정도 인정받은 글을 쓰고 있을까? 책상 위를 내려다본다. 이럴 수가! 나는 글과 그림이 어우러진 만화를 그리고 있었다.

다시 눈을 뜨고 생각한다. 나를 표현할 수 있다면, 그게 글이든 그림이든 무슨 상관이란 말인가. 우리가 세상에 태어난 이유가 '누군가'가 되기 위함이 아니라 살다 보니 '나'라는 존재가 된 것처럼 허락된 날까지 나를 찾아가는 작업을 멈추지 않는 것, 그것이 가장 중요한 것 아닐까.

미혹되기 좋을 나이

삐뚤빼뚤, 딸아이의 이가 제멋대로다.

"누굴 닮아 그러니."

내가 묻자 딸의 가냘픈 손가락이 내 가슴에 꽂힌다.

"엄마."

그러니까, 그걸 왜 닮아서.

한 박자 느린 남편까지도 딸의 이가 오래전부터 신경 쓰였는지 벌써 치과에 예약을 해놓았다고 했다. 세상일에는 그렇게 느리면서 아이들과 관련된 일이라면 뭐든 재빠른 이 남자가 참 신기하다.

탈착식 치아 교정기가 꽤 아플 텐데 아홉 살 딸은 장치를 끼고 거울을 보면서 곧 반듯해질 이를 상상하며 신이 나 있었다. 나도 딸아이 뒤에서 내 이를 비춰봤다. 제멋대로 뻗어 나온 이를 보니 새삼 딸이 부러웠다. 세 살에는 시작해야 하는 체조 선수 빼고는 무엇이든 할 수 있는 나이, 설령 어긋난다 해도 금방 고칠 수 있는 우리 딸의 나이가.

공자는 내 나이를 '불혹'이라고 표현했다지. 미혹되지 않는 나이. 뜻을 굽히지 않고 사는 것은 좋은데 지금까지 살아온 방식과 생각으로 남은 인생을 살아갈 생각을 하니, 특히 이런 이를 가지고 살아갈 생각을 하니 갑갑해졌다.

"여보, 아직 늦지 않았어."

딸아이를 데리고 치과에 다녀온 남편이 이번에는 나에게 얇은 책자를 하나 내밀었다.

성인 교정.

나는 서른이 넘어 교정을 한 지인에게 의견을 물었다.

"절대 하지 마. 나이 들어서 얼마나 고생하는 줄 아니. 지금도 잇몸이 쑤시고 너무 힘들다."

자기는 교정 후 다섯 배는 예뻐졌으면서 친구는 나의 교정은 만류했다.

어렸을 때 교정 시기를 놓쳐버린 나는 치아가 큰 콤플렉스다. 그렇지만 아이들 이 닦이기도 바쁜데 내 교정기 관리를 할 시간이 있을까 싶었다. 게다가 비용까지 생각하면…….
그 돈이면 아이들에게 사주고 싶었던 수학 교구 세트도 영어 전집 세트도 사고 남을 것 같았다. 나는 남편이 치과에서 받아온 브로슈어를 과감하게 재활용 통에 버렸다.

이십대 때 만나 함께 일했던 사십대 부장은 까칠한 성격에 매일 부하 직원을 쥐 잡듯이 잡아 평판이 좋지 못했다. 우리는 틈만 나면 그 부장의 뒷담화를 했다.

"웃겨, 지가 무슨 십대도 아니고."

우리가 가장 맹렬하게 욕했던 것은 나이에 맞지 않는 옷차림이 아니라 치아 교정기였다. 교정기 때문에 발음이 새는 데다가 성능이 좋지 않은 내선 전화기로 지시를 하면 잘 알아들을 수가 없었다. 성격이 매우 예민하신 그분은 같은 이야기를 반복하게 하지 말라며 두 번째도 웅얼웅얼 알아들을 수 없는 지시를 남기고 끊곤 했다. 그분이 남긴 단어를 유추해 지시를 알아내는 것은 세계 7대 불가사의만큼 풀기 어려운 문제였다.

그때는 곧 틀니 낄 나이가 될 텐데 왜 저러나 싶었는데, 내가 그 나이가 되니까 충분히 이해가 된다. 예뻐지고 싶은 마음에는 나이가 없는 것이다. 그날따라 잠이 오지 않아 한참을 뒤척이던 나는 결국 재활용 통을 뒤져 브로슈어를 다시 꺼냈다.

치과에 상담 예약을 했다. 상담이라도 받아야 미련이 없어질 것 같았다.

"어머니, 절대로 늦은 나이는 없고요."

케이스를 보니 쉰이 넘어 이를 교정한 사람도 있었다. 그분의 입장에서는 내가 젊어서 부러울 수도 있겠다는 생각이 들었다. 하지만 나이를 먹고 무언가를 하려면 어렸을 때보다 더 값비싼 대가를 치러야 한다.

마흔에 돌출 치아 교정을 하기 위해서는 영구치 두 개와 이별을 해야 한다고 했다. 신체발부 수지부모는 둘째치고 이가 언제 어떻게 돼도 이상하지 않을 나이에 생니를 뽑는 것이 망설여졌다.

"그건 안 될 것 같아요."

"네. 뽑지 않고 교정하는 방법도 있긴 해요."

하지만 이를 뽑지 않으면 가뜩이나 긴 교정 시간은 무한대로 늘어날 것이다.

'그렇다고 생니는 좀…….'

다시 생각해보겠다며 길을 나서려다 가격이나 물어보기로 했다.

"어머님은 따님 추천으로 오셨으니까…….."

계산기에 과히 혹할 만한 할인 금액이 찍혔다. 불혹, 마흔은 미혹되지 않는 나이라는데 어째 내 인생은 미혹의 연속이다. 치아 교정 때문에 긴축재정에 들어간 나는 수십 번을 고민하다 장바구니에 담아두었던 아이들의 교구를 뺐다.

'살지 말지 망설여지면 안 사는 게 맞고, 할지 말지 망설여지면 하는 게 맞는 거야.'

그렇게 생각하니 아이들에게 미안한 마음도 사라지고 돈

도 번 느낌이 들었다.

"다 끝났어요. 잘하셨어요."

고민하고 겁먹었던 시간이 무색할 만큼 이는 금방 쑥 뽑혔다. 이십대 때부터 몇 번이고 고민했는데. 오히려 피가 섞인 침을 뱉지 않고 삼켜야 하는 것이 더 힘들었지만, 그마저 눈딱 감고 두 시간쯤 삼키니 생니를 뽑은 대가치고는 가볍게 느껴졌다. 치아가 빠지고 난 텅 빈 공간, 생니를 뽑았는데도 앓는 이를 뽑은 것만큼 시원했다. 사십대의 내가 이를 뽑을 각오를 하지 못했다면 오십대, 육십대까지 아니, 죽는 날까지 후회했을 것 같기 때문이다.

불혹의 나이. 공자가 살던 2500년 전과는 다르게 인간의 수명은 늘어났다. 100세 시대, 아직 한참을 가야 하는데 벌써 미혹이 되지 않는다면 어떨까 생각해보았다. 그때는 맞고 지금은 틀린 이야기가 얼마나 많은데, 이 모습 그대로의 생각이 고착된 나의 20년 후를 생각해보니 그거야말로 공포다. 마흔, 쉰, 여든, 나이가 많으면 많을수록 미혹되어야 할 나이라 스스로를 위로해본다.

20년 동안 고민했던 내 이 위로 철길이 깔렸다. 기차는 좀 연착되었지만 후회는 없다. 포기했다면 아예 도착하지 못할 열차였기 때문이다.

수줍게 마스크를 벗자 지인은 깜짝 놀라 다시 결혼사진이

라도 찍을 거냐고 물었다. 돌출된 이가 눈에 띄는 결혼사진
은 되돌릴 수 없지만 내 영정사진 속 모습은 이십대보다 더
아름답게 빛나리라.

가끔 잃고 싶은 길

"안 해요, 안 해! 나 이 집 일 안 해요. 그냥 하라는 대로 하면 될 것을."

내가 소매를 잡아보았지만 인테리어 가게 사장님은 냉정하게 발길을 돌렸다.

"사장님, 죄송해요. 그래도 아침 일찍 오셨는데 그냥 가시면 어떡해요."

"안 한다고요. 안 해요. 돈도 안 되는 거, 원."

나는 터벅터벅 계단을 올라 집으로 들어갔다.

나만의 작업 공간이 필요했다. 아이들 놀이방 옆에 책상을 막아 만든, 작업을 할라 치면 염탐꾼으로 복잡한 그런 자리 말고 오직 나만을 위한 작업 공간. 지인들의 부추김처럼 이제 나도 작가인데 그림도 그리고 글도 쓸 어엿한 장소가 필요했다. 얼마 안 되는 수입이지만 동네 부동산에 들어가 작업실도 알아보았다. 재개발 동네라 공실도 많은 것 같아 골방을 찾아보니 공실은 다 그만한 이유가 있었다.

거실 소파에 누워 텔레비전을 보며 논문을 읽는 남편은 나만의 온전한 작업 공간이 필요하다는 말에 공감하지 못했다. 그때 머리에 스친 것이 지하 창고였다. 천장이 좀 주저앉고 먼지가 많지만 고친다면 작업실로는 충분해 보였다. 하지만 지은 지 40년이 다 되어가는 빌라의 창고를 내가 책정한 예산으로 고쳐주겠다 나서는 업체는 없었다. 동네 사장님 한 분이 그 이유를 터놓고 이야기했다.

"돈이 안 되잖아요. 천 단위는 넘어야 돈이 남는데 여긴 너무 작아요. 게다가 여기 언제 재개발할지도 모르는데 뭐 하러 돈을 들여요?"

나는 그 사장님께 궁전은 아니어도 좋으니 들어가 앉아서 글을 쓸 수 있을 정도만이라도 만들어달라고 했다. 사장님은 계산기에 백 단위의, 믿을 수 없이 저렴한 금액을 찍었다.

"천장은 그냥 두고 부직포 대서 도배나 해요. 뭐, 해놓으면 이것보다는 낫지 않겠어요?"

지난밤에는 그 정도 가격이면 충분하다고 생각했다. 하지만 차근히 살펴보니 전기도 다시 손봐야 할 것이고 천장도 무너질까 불안하고, 누수 자국도 체크해야 할 것 같았다. 그러려면 우선 천장을 뜯어야 했다. 전문가 손에 맡길 것은 맡기고 나머지는 셀프로 하면 얼추 내가 생각한 그림을 예산에 맞출 수 있겠다 싶었다.

"여보, 이렇게 하고 이렇게 하면 어때?"

"그래, 근데 나는 못 도와주니깐. 당신이 알아서 해."

남편이 냉정하게 말했다. 남편의 입장도 이해가 갔다. 내가 계획을 세우면 일은 결국 남편이 하는 경우가 많았기 때문이다. 이번에도 남편의 도움이 절실히 필요하겠지만 어쩔 수 없었다. 나는 시시때때로 들락거리던 인테리어 인터넷카페와 지인의 도움으로 계획을 세웠다. 동이 트자 사장님이 오기로 한 새벽 시간에 맞춰 창고로 갔다.

"저, 사장님. 제가 생각해봤는데요……."

나는 여기는 이렇게 저기는 저렇게 하자고 변경 사항을 이야기했다. 그런데 잠자코 내 계획을 듣던 사장님이 버럭 화를 냈다.

"그냥 다른 사람 알아보세요. 돈도 안 되는데 누가 와요."

그렇게 복잡한 일은 아니었지만 품에 비해 확실히 돈은 안되는 일이었다. 나의 간곡한 만류에도 불구하고 사장님은 타고 왔던 소형 오토바이를 몰고 골목 너머로 사라졌다. 나는 터벅터벅 집으로 올라갔다. 현관문 닫히는 소리에 남편이 일어나 나왔다. 내가 대뜸 물었다.

"여보, 내가 그렇게 까다로워?"

"응."

남편의 지체 없는 대답. 내가 째려보자 남편이 말했다.

"아니, 여자는 자기 말에 동의해주기를 원한다던데?"

드르륵, 드르륵.

이 소리는 재봉틀 소리가 아니다. 책상을 옮기는 소리다. 나는 곧이어 의자를 옮기고 책장을 옮겼다. 어색했다. 다시 제자리로.

"진짜 마지막이야!"

옷장을 옮기던 남편이 분노하며 말했다. 하지만 가구 옮기기는 반복되었다. 그 후로 스무 번도 넘게.

"야, 저건 병이다 병. 그래도 그냥 해줘라. 이 세상 제멋대로 할 수 있는 게 몇 개나 된다고."

남편이 마침 우리 집에 와 있던 엄마에게 내가 자꾸 가구를 옮겨서 힘들다고 하소연하자 엄마가 은근슬쩍 내 편을 들며 말했다. 그때 엄마는 내가 그러다 말겠지 했을 것이다. 나도 그럴 줄 알았다.

드르륵, 드르륵.

이번 여름만 해도 가구 배치를 몇 번이나 바꿨는지 모른다. 남편의 성격같이 한 번 뿌리를 박으면 좀처럼 움직이지 않는 남편의 물건들. 나는 그 물건들도 동선에 맞게 재배치했다. 다음 날도 또 그다음 날도. 퇴근하면 매일 바뀌어 있는 가구 배치 때문에 남편과 얼마나 싸웠는지 모른다. 가구를 혼자 옮기다 보니 몸도 성한 곳이 없었다. 그런데도 침을 맞고 파스를 붙이고 또 옮겼다. 그쯤 되니 나도 인정할 수밖에 없었다. 이건 병이다. 시시때때로 가구를 옮기는 병. 좁아터진 집에서 이리저리 가구를 바꾼다고 집이 넓어지는 것도 아닌데, 바람에 따라 햇살의 위치에 따라 일주일에도 몇 번씩, 시시각각 나는 가구의 위치를 바꿨다. 나도 내가 왜 이러는지 모르지만 가구를 옮기지 않으면 속이 터져버릴 것 같았다. 어느 날은 남편이 퇴근하고 들어오며 화를 내는 대신 단념한 듯 말했다.

"엄마가 글이 잘 안 써지나 보다."

그랬다. 나는 정리되지 않는 마음 대신, 문장 대신 가구를 옮기고 있었던 것이다. 언젠가부터 남편이 나도 모르는 내 마음을 더 잘 알고 있는 것 같았다. 오랜만에 마음이 설렜다.

"와, 여보. 나 지금 소름 돋았어. 얘들아, 이런 걸 한자로 하면······."

"적을 알고 나를 알면 백전백승."

'이심전심'을 생각하고 있었던 나는, 내 마음이 남편에게 닿을 수 있도록 남편을 더욱 사랑해야겠다는 생각을 했다. 성경에도 원수를 사랑하라고 했으니까.

남편과 나의 관계. 나는 우리의 관계가 거울 같다는 생각을 한다. 서로를 비추고 있지만 모든 것을 반대로 비추는 거울. 거울 속에서는 왼쪽과 오른쪽의 기준이 바뀌듯 우리의

옳고 그름의 기준도 반대인 경우가 더 많다. 우리의 기능이
반대기 때문에 하는 일도 다르다. 둘 다 종이 위에, 아니 컴퓨
터에 무언가를 열심히 적고 있지만 나는 세상 속에서 틈새,
다름을 찾는 일을 한다면 남편은 수많은 변수에서 일관성을
찾는 일을 한다.

히스 레저의 열연으로 잘 알려진 영화, 배트맨 시리즈의
〈다크나이트〉. 배트맨과 독대를 하게 된 조커에게 배트맨이
왜 자기를 죽이려 하냐고 묻는다. 그러자 조커가 대답한다.
자기는 절대 배트맨을 죽일 생각이 없다며 내뱉는 명대사.

"You make me complete(너는 나를 완성시켜)."

생각해보면 남편이 나에게 그런 존재다. 나를 완벽하게 만
들지는 못하지만, 완성시켜주는 사람. 누가 배트맨이고 누가
조커인지는 모르겠지만.

믿었던 사장님에게도 퇴짜를 맞은 후 나는 망치를 하나 들
고 창고로 향했다. 합판 하나의 못을 죽 잡아당겨봤다. 합판
안은 생각보다 깨끗했다. 합판만 걷어 노출 벽으로 써도 되
겠지만 혼자 작업하기에는 너무 위험하고 역부족이었다. 창
고에서 홀로 작업하다가 매몰당하는 상상을 한참 하고 있는
데 전화가 왔다. 남편이었다.

"아까 아침에 말이야……."

"아침에 뭐?"

"아침에 속상해하는 것 같아서. 당신이 좀 까다롭고 예민한 부분이 있지만, 그건 어쩔 수 없는 직업병 같은 거라고. 같이 살아가는 사람으로서는 좀 힘들지만. 까다로운 만큼, 그만큼 더 좋은 작품을 쓸 수 있을 거야. 내가 도와줄게. 창고같이 고치자."

아기를 낳고 백일 후. 엄동설한, 모유수유를 하던 내가 수업을 듣겠노라 문밖을 나서자 남편은 아무 말 없이 시동을 걸었다. 남편은 내가 수업을 듣는 동안 아기를 돌보았다. 아기가 깨서 울면 주차장으로 뛰어 내려가 젖을 물렸고 수유가 끝나면 남편이 아기를 재웠다.

갑자기 코끝이 찡해졌다. 오래된 합판에서 먼지가 많이 떨어졌나 보다. 어느 날의 추억도 떠오른다. 남편과 외출해 이것저것 구경하던 나는 남편과 길이 엇갈린 적이 있다. 낯선길의 막다른 길목에서야 나는 내가 길을 잃었음을 직감했다. 곧장 남편에게 전화를 걸었다.

"아무래도 나, 길을 잃은 것 같아."

"거기가 어딘데?"

남편이 물었다.

"자기 마음속?"

오글거리는 말이 수화기 넘어 나의 동거인에게 닿자 그는 할 말을 잃은 듯했다. 괜히 뻘쭘해져서 주변 위치를 알리려는데 남편이 받아쳤다.

"그 좁은 데서 길을 잃다니 대단한데."

그와 함께하는 시간이 길어질수록 그 좁아터진 곳에서 점점 길을 잃어가는 그 대단한 일을 하고 있다, 내가.

피어나는 모든 것

늦깎이를 영어로는 'late bloomer'라고 부른다고 한다. 늦게 피는 사람.

둘째는 유독 말이 늦었다. 17개월에 기저귀를, 하룻밤 사이에 밤잠 기저귀까지 떼고 마론 인형 머리는 야무지게 돌려 고무줄에 잘도 끼워 넣으면서, 말은 유독 '물, 밥, 응가'처럼 단어가 문장으로 이어지지 않아 얼마나 나를 애태웠는지 모른다. 하지만 때가 되자 아이의 말이 봇물 터지듯 터져 나왔다.

종알종알, 옹알옹알.

그동안 얼마나 하고 싶은 말이 많았는지, 하루 종일 떠들고도 할 말이 남았는지, 밤이 깊어가도 아이는 잠에 들 생각이 없었다. 다 때가 있는 법이었다.

늦은 나이에 글을 쓰기 시작한 나도 밤이 새는 줄 모른다. 하지만 겨울이 너무 길었던 걸까? 내 안에 있는 것들을 어떻게 싹틔워야 할지 몰라 망설였던 시간들을 지나 어렵게 봉우리를 맺으니 이제는 꽃피기 좋은 시기가 다 지나가버린 것만 같다.

늦은 결혼은 아니다 싶었지만 그렇게 빠른 결혼도 아니었나 보다. 일찍 결혼한 동기는 벌써 아이들을 다 키워놓고 제2의 꿈을 꾸고 있는데 내 앞에는 한창 손이 가는 아홉 살과 다섯 살 아이가 꼬물거리고 있었다.

"이번 주에는 안 된다고 했잖아."

가난한 신혼을 보냈던 우리 부부지만 돈 때문에는 안 싸워도 시간 때문에는 싸운다. 누군가는 아이들을 봐야 하기 때문이다. 바쁜 일정을 읊어대며 서로 연구할 시간과 글 쓸 시간을 확보하기 위해 민낯을 드러내면, 우리를 빤히 바라보고 있는 아이들에게 미안해진다. 알아서 자라 꽃을 피우는 식물과 다르게 꾸역꾸역 이루어낸 나의 늦은 개화 준비는, 세상의 흐름은 못 바꾸고 우리 집 안의 흐름만 깨고 있었다.

마음도 아이들도 한창인데 내 눈은 벌써 앞이 가물거린다. 눈앞이 자꾸 흐릿해져 안과를 찾았더니 벌써 노안이 왔다고 했다. 내가 너무 상심하자 의사는 처방전을 써주며 말했다. 앞으로 시력은 계속 떨어질 테니 돋보기는 천천히 맞춰도 괜찮다고, 어차피 가야 할 길을 조금 빨리 왔을 뿐이라고.

"이럴 줄 알았으면 이십대 때 방황을 조금 덜 하고 글을 쓸 걸 그랬어요."

나의 이십대를 잘 알고 있는 지인에게 내가 투정하듯 말했다. 눈이 훤할 때 글이라도 열심히 써놓을걸 하는 생각이 들었기 때문이다.

"아니, 그때는 못 썼을걸. 다 때가 있는 법이니까."

하긴. 그때는 정말 못 썼을 것 같다. 너무 가진 것이 많았고 너무 절실하지 않은 나이었으니까.

인생에 시기라는 것이 있을까? 늦고 이르고의 기준이 헷갈린다. 봄에 폈다면 다른 화려한 꽃에 묻혀 평범하게 져버릴 동백이 겨울에 핀다는 이유만으로 환영을 받는 것은 동백에게는 좋은 일이지만, 봄에 꽃을 피우지 않았다고 해서 동백이 봄에 아무 일도 하지 않은 것은 아니다. 글을 쓰지 않은 동안에 살면서 경험했던 모든 것들이 글을 쓰는 것만큼 중요한 것처럼 말이다. 봄을 계절의 시작이라고 하지만 관점에 따라 겨울이 계절의 시작일 수도 있다. 그렇다면 동백은 빨리 피는 꽃인 셈이다. 게다가 사랑의 종착지가 결혼이 아니듯 인생이라는 것의 목표가 꽃을 피우는 일만은 아닐 텐데 신동이니 늦깎이니 하는 것도 결과 지향적으로만 생각하는 게 아닌가 싶다.

늦게 피고 빨리 피는 것은 중요하지 않다. 본인의 정서로 피기만 하면 그만이다. 동백은 동백만의 정서로 자라고 있을 뿐이다.

꽃을 피워내는 것이든 싹을 틔워내는 것이든 누구에게나 결정적인 순간은 있다. 내가 가장 좋아하는 그림책, 초판이 무려 1938년에 인쇄된 『모자 사세요!』는 네 살 때부터 즐겨 읽던 그림책이다. 책에는 모자 장수가 등장한다. 모자 위에 모자를 겹겹이 쌓아놓고 팔던 그가 잠시 낮잠을 즐기는 사이, 나무 위 원숭이들은 그의 모자를 모두 집어 가고 만다. 원숭이들에게 돌려달라고 말해도 돌려주지 않는다. 화가 난 모자 장수가 주먹질도 하고 발도 굴러보지만 원숭이들은 그의 행동을 따라할 뿐이었다. 결국 화가 머리끝까지 난 장수가 모자를 내던져버리자 원숭이들도 똑같이 모자를 던져 결국 모자를 되찾게 된다. 어렸을 때는 원숭이 모습을 보는 것이 좋았는데, 딸에게 다시 읽어주니 모자 장수가 모든 것을 내려놓았을 때 비로소 모자를 되찾게 된다는 교훈이 좋았다.

나는 가장 어두운 순간은 늘 '결정적인 순간' 앞에 온다고 생각한다. 동이 트기 전, 세상은 가장 어두우니까. 어둠 속을 헤매는 것은 결코 쉽지 않다. 그 속에서 우리는 참 많은 것을 내려놓게 된다. 처음에는 뾰족구두를, 가죽 가방을, 예쁜 옷 그리고 알량한 자존심을. 마지막으로 죽어도 포기하지 못할 소중한 '단 하나'가 덜렁 남았을 때 우리는 비로소 태양과 마주하게 된다. 내가 포기하지 못한 마지막 한 가지는 '나'였다. 나는 이제 겨우 나를 덮고 있던 흙 너머의 글쓰기라는 여린 빛줄기를 본 듯하다. "모든 우거진 나무의 시작은 기다림을 포기하지 않은 씨앗"이라는 호프 자런의 말처럼 나의 기다림도 이제 싹을 틔울 준비를 마친 것 같다.

앞서가는 누군가와 비교하면 내가 너무 늦은 것 같다는 생각이 드는 것도 사실이다. 다행히도 우리 모두의 목적지는 각각 다르다. 같은 종류의 나무라고 해서 같은 시간에 잎을 틔우지는 않는 것처럼. 출판사에서 나에게 출간을 제안한 이유 중 하나는 내가 주부이기 때문이라고 했다. 작가였다가 엄마가 된 사람은 많지만 엄마였다가 작가가 된 사람은 드물다는 것. 늦게 된 것이 나만의 '가치'를 만들어준 것이다.

나는 지금 나에게 가장 적당한 속도를 나를 찾아가는 중이다. 하지만 그전에, 마흔에 벌써 노안으로 눈앞이 가물거리는 것을 보니 부지런히 루테인부터 챙겨 먹어야겠다.

신춘문예라는 버튼

2022년 새해 첫날. 나는 신춘문예 당선작을 찾아보았다. 눈 내린 거리를 걸으며 신문을 찾아 헤맸던 지난 추억을 떠올리며. 하지만 올해에는 시상식 때 내가 꽃다발을 전달하게 될 수필 부문 당선자가 보이지 않았다. 안타깝게도 〈한국경제〉 신춘문예 수필 부문이 다른 부문으로 대체되어버린 것이다.

마무리는 희망의 메시지를 담았으면 좋겠다는 편집자의 조언에 따라 나는 다음 수상자에게 꽃다발을 전달하는 내용으로 이 책을 맺으려 했다. 요즘 내 삶에서는 눈을 크게 떠도 잘 보이지 않는 해피엔드를 올해 수상자의 행운에 살짝 기대어보려고 한 것도 사실이다. 그러기에 수필 부문이 없어졌다는 사실은 나에게 실로 절망적이지 않을 수 없었다. '희망적인' 글감 하나를 잃게 된 셈이니까.

올해 신춘문예 당선자 시상식에 참석하라는 연락을 받고

고민했다. 수필 부문이 없어졌는데 그곳에 내가 갈 이유가 있을까 해서였다. 다행히 나에게도 미션이 전달되었다. 신설된 부문 당선자에게 꽃을 건네는 일, 명분이 생긴 것이다.

일 년 만에 다시 찾은 한국경제신문사. 로비 갤러리의 작품이 바뀐 것 빼고는 작년과 크게 달라진 점은 보이지 않았다. 시상식장 천장에는 여전히 거대한 샹들리에가 빛나고 있었고 그 아래, 마스크를 써도 가려지지 않는 달뜬 얼굴의 당선자들이 있었다. 같은 장소 다른 위치. 나는 뒤쪽 문우회 자리에 앉았다.

작년에 이어 심사를 맡은 김인숙 소설가의 축사가 시작되었다. 일 년 전에는 자리에 앉아 있는 것만으로 너무 떨려서 그분의 축사가 잘 기억나지 않았지만 올해는 이야기가 귀에 쏙쏙 들어왔다. 스무 살에 등단해 40년 가까운 시간을 소설가로 산 작가의 증언. 그분은 등단을 하면 바뀌는 삶에 대해 이야기했다. 등단 작가가 된다는 것은 혼자 세상에 내동댕이쳐지는 것과 같다고, 예전보다 글쓰기가 더 힘들 것이라고. 절로 고개가 끄덕여졌다. 반짝이는 조명 아래 상기된 얼굴로 시상을 기다리는 오늘의 주인공들에게는 이 이야기가 잘 들리지 않을 수도 있다. 하지만 내년에는 분명 나처럼 고개를 끄덕이겠지.

구글 검색엔진에는 두 가지 버튼이 있다. 일반 검색 버튼과 'I'm feeling lucky (운이 좋을 것 같아)' 버튼. 두 번째 버튼을 누르면 광고를 제외한 첫 번째 웹사이트로 링크를 연결한다. 그 링크는 내가 찾던 링크일 수도 있고 아닐 수도 있다. 나에게 신춘문예 당선은 그런 버튼이다. 운 좋게도 그 버튼은 나를 작가의 길로 빠르게 인도했다. 그리고 김인숙 소설가의 말처럼, 그 버튼은 성급하게 나를 세상에 내동댕이치고는 사라져버렸다.

지난 일 년은 책상 앞에서보다 놀이터에서 더 많은 시간을 보냈던 것 같다. 감염증 탓에 점점 폐쇄적으로 변하는 사회에서 아이들에게 해줄 수 있는 일은 마음껏 놀게 하는 것뿐이라는 핑계였다. 하지만 사실 책상 앞에 앉으면 우주에 홀로 떠다니는 느낌을 지울 수가 없었다. 그래서 한여름에도, 한겨울에도 놀이터에 갔다. 땡볕에 얼굴이 그을리고 매서운 바람에 얼굴에는 은하수보다 더 많은 기미와 잡티가 생겼지만 나는 그보다 많은 것을 얻었다.

놀이터에서는 세상과는 다른 단위의 시간이 흐른다. 집에서는 한 치도 크지 못하는 아이들의 마음의 키가 놀이터에서는 훌쩍 커버린다. 내 마음의 키도 아이들과 함께 자랐다. 아이에게는 '멤버'라고 부를 수 있는 무리가 생겼고 나는 아무도 알아주지 않는 등단 작가에서 먼 길 건너에서도 '누구 엄마' 하고 부르며 손 흔들어주는 동네의 '누군가'가 되었다. 글을 쓰는 외로운 직업을 가진 사람에게 '엄마'는 그렇게 큰

이점이 있다.

엄마와 작가라는 직업은 품과 시간에 비례해 결과가 나오지 않는다. 하지만 두 직업을 겸하는 것은 매우 큰 행운을 얻는 일이다. 천천히 세상을 바라보고 아름다움을 느낄 수 있는 직업과 세상의 작은 것들을 사랑할 수 있는 직업이 더해졌으니 영혼의 가성비는 매우 좋은 직업임에는 틀림없다.

남편은 시상식에 다녀온 후 수필 부문이 없어져 풀이 죽어 있는 나에게 말했다.

"여보, 신춘문예 수필 부문이 잠시 있다가 사라진 것은 당신을 당선시키려던 하늘의 뜻이 아닐까?"

꿈보다 좋은 해몽이 듣기 싫지는 않았다. 신춘문예 버튼이 가져온 '운'이 불행인지 행운인지 아직은 모르겠다. 한 40년 정도 더 쓰다 보면, 그때는 조금이나마 알 수 있겠지.

언젠가 할아버지를 다시 만나면 이렇게 이야기할 것이다. 할아버지가 왜 그렇게 이 직업을 사랑했는지는 알겠다고. 내 인생이 앞으로 어떻게 될지, 어떤 엔딩으로 막을 내릴지는 모르겠지만 나는 나를 찾아가는 내 직업을 사랑한다.

인테그랄

남편과 나는 고집이 세고 까다롭고 자존심이 강하다. 그것이 우리가 지닌 단 세 가지 공통점이다.

우리는 지구 반대편에서 만났다. 그래서 우리는 서로를 운명이라고 불렀다. 어쩌면 너무 평범한 만남을 더 그럴싸한 의미로 채우고 싶었는지도 모르겠다. 첫눈에 반한 것은 아니었다. 새로운 것에 대한 호기심. 편의점 가판대에서 색다른 과자 봉지를 한 번쯤 집어보고 싶은 유혹 같은 것이었다.

그의 썰렁한 농담에 내가 박수를 치며 웃게 되었을 때, 차비를 아끼려고 늘 걸어 다니던 그가 불현듯 저녁을 사겠노라 했을 때 우리의 관계도 새로운 국면을 맞이했다. 뜨겁지 않았던 것은 아니었다. 재채기만큼이나 숨겨지지 않았던 설렘, 상대의 의미 없는 행동에도 심장을 쏟아내렸던 떨림. 우리는 그것을 섣불리 사랑이라고 믿었다.

햄버거보다 찌개가 더 잘 어울리는 남자. 실은 햄버거를 더 좋아하는 남자. 가난이 자랑인 수학을 사랑하는 남자. 선지를 좋아하는 나를 위해 그는 땀을 뻘뻘 흘리며 난생처음 해장국의 물컹한 선지를 삼켰다. 그가 푸는 수학 문제의 증명이 어디서 틀렸는지를 몰라 괴로워할 때 내가 감기는 눈을 부릅뜨며 그의 계산을 처음부터 가만히 들어주었던 것처럼. 서로를 잃어버린 세상의 반쪽이라고 믿고 싶었기 때문에 고충도 숙명이라고 믿었던 것이었다.

눈이 많이 내리던 어느 겨울날, 하얀 꽃길을 성큼성큼 걸어 나는 학생이었던 그에게 시집을 갔다. 스와로브스키 큐빅으로 장식된 은박 양가죽 구두를 신고서.

우리는 결혼이 서로를 위해 평생 싫어하는 음식을 먹어치우는 것쯤이라 생각했다. 결혼 후, 우리는 위의 세 가지 공통점 외에 미처 몰랐던 수천 가지 다른 점을 발견했다. 서로 동전의 다른 면을 앞면이라고 믿고 살아왔던 우리는 너무 오랫동안 다른 답안을 끌어안고 살아왔던 것이다.

나는 2만 원 이하의 옷은 옷이 아니라고 생각했고 그

는 2만 원 이상의 옷을 옷이 아니라고 생각했다. 데카르트가 해석기하학의 아버지인지 근대 철학의 아버지인지를 두고도 치열하게 싸웠다. 그가 수식이 가득 적힌 두꺼운 책을 매일 읽으면서도 문학작품이라고는 종잇장처럼 얇은 시집조차 읽어본 적 없다는 사실을 알았을 때의 당혹스러움. 사소하지만 지키고 싶었던 일상들이 무심하게 '푹' 하고 짜버린 치약의 중간처럼 찌그러져버렸다.

화장실이 따로 떨어진 작은 방 하나, 그곳에서 우리는 신혼을 시작했다. 숨을 곳이 없는 작고 작은 공간. 짧은 시간에 서로의 너무 많은 것이 간파되었다. 작은 습관의 차이가 만드는 불편함에 대해 최대한 잔인하게, 가족까지 들먹거리며 서로를 괴롭혔다. 밤이 되어도 본인의 집으로 돌아가지 않을 애인의 계몽을 위하여.

결혼 생활에 대해 묻는 친구들에게 나는 『잃어버린 시간을 찾아서』의 서평과 비슷한 대답을 했다. 아주 많이 아프거나 믿는 도끼에 다리가 부러져도 괜찮을 정도의 결심이 아니라면 하지 말 것. 신혼은 남편과 나의 잃어버린 시간이었다. 나에게는 끝까지 읽겠노라 결심했지만 몇 장 넘기지 않아 덮어버리고 싶었던 책. 길고 난해한 프루스트의 문장처럼 어려운 글. 아마 남편도 그랬을 것이다. 원칙적으로는 풀려야 하지만 현실적으로는 풀릴 수 없는 문제, 난제.

우리는 어느덧 결혼 10년 차 부부가 되었다. 그동안 이 도시 저 도시를 떠돌며 아홉 번의 이사를 했다. 이사를 하면서 알게 모르게 많은 것을 잃어버리고 또 얻었다. 하지만 수학자인 남편은 여전히 저녁이면 낮 동안 풀리지 않았던 계산 때문에 울상을 짓는다. 내 책장에는 아직도 『잃어버린 시간을 찾아서』의 첫 편, 「스완네 집 쪽으로」가 숙제처럼 꽂혀 있다. 책등의 자국이 반도 접히지 않은 채. 삶의 작고 큰 문제와 갈등도 늘 우리 삶에 머물러 있다. 분명 앞으로도 그럴 것이다.

달라진 것은 남편에게는 수식보다 더 사랑하는, 나에게는 어느 글보다 흥미진진한 두 딸이 생긴 것이다. 우리 둘 사이에 생긴 공통분모는 주 기능이 아닌 기능들을 과감히 삭제하게 만들었다. 서로의 음식 취향은 사라졌고 식단은 아이들에게 맞추어져버렸다. 새로 생긴 부모에 대한 반감은 아이들의 할머니, 할아버지라는 호칭으로 무뎌져버렸다. 아이가 태어나고 장만한 중고차는 점점 엔진의 힘이 약해져서 이제는 에어컨을 꺼야 언덕을 올라갈 수 있게 되었지만, 우리는 그런 상황에서도 농담을 주고받을 수 있을 만큼의 여유가 생겼다. 우리가 서로에 대해 조금 덜 열정적이게 되었기 때문이다.

수화기에 대고 가볍게 사랑이라는 단어를 속삭이지 않을 진중함. 그리고 마음에 들지 않는 것에 대한 적당한 무관심. 어떤 문장이 마음에 들지 않다면 너무 눈을 오래 두지 말 것. 오래 씹을수록 좋은 문장은 부산하게 옮겨 적기보다는 마음속에서 깊이 우릴 것. 읽기 괴로울 때는 잠시 덮었다가 읽을 것. 그렇게 나는 프루스트의 책 대신 남편이라는 긴 책을 읽어가고 있다. 어쩌면 우리는 인정해버렸을지도 모른다. 나도 참기 힘든 나와 함께해주는 상대가 존경스럽다는 사실을.

존경으로 바라보면 안 보이던 것들도 보인다. 갑갑하게만 보였던 그에게서 꼼꼼함이 보이고 느리게만 느껴졌던 그의 일처리에서 깔끔한 마무리를 느낀다. 시작은 잘하지만 마무리는 늘 흐지부지한 나. 시작은 어렵지만 한번 시작하면 끝까지 가는 남편. 우리는 서로 내가 없었으면 어떻게 할 뻔했냐고 거들먹거리면서 서로의 불씨와 기름이 된다. 서로 기능은 달라도 장작 위에 힘을 모아 피운 불로 손을 녹이며 같은 집을 짓는 우리. 서로에게 영어 사전 속 인테그랄integral의 뜻처럼 필요 불가결한 존재가 되었다.

사람은 모두 무의미한 세상 속에서 유의미한 것을 찾기 위해 살아간다. 처음 우리가 만나 함께하게 된 것도 그런 이유에서였을 것이다.

서로를 운명이라 믿었던 순간, 쉬이 진정되지 않았

던 두근거림. 꽃길만 걷게 해주겠다던 약속. 졸업과 동시에 고학력 실업자가 되어버린 한 수학자의 텅 빈 통장. '고동고동' 처음 들은 배 속 아기의 심장소리. 낯선 도시, 낯선 사람, 낯선 상황. 지독했던 산후우울증. 기다림 끝에 얻은 직장. 작지만 함께 이뤄낸 안락한 공간, 가족이라는 울타리. 많은 지표들은 삶 속에 다르게 적혀 각자의 그래프를 만든다.

수학에서 두 함수의 그래프가 둘러싼 영역의 면적을 구하는 법, 인테그랄 또는 적분. 인생이라는 한정된 구간에서 '나'와 '그'의 그래프가 만들어낸 영역의 면적이 '우리'라는 인테그랄이다. 서로 다름이 의미 있는 면적을 만들어낸 것이다.

태초에 창조주는 우리를 다른 한쪽의 기능은 아예 없는 부품으로 만들어버렸을지도 모른다. 내가 엑셀이라면 그는 브레이크 같아서 같이 밟으면 우리의 스텝은 엉킨다. 운전에도 조화가 필요해서 엑셀만 밟고서는 코너를 돌 수 없고 브레이크만 밟고서는 앞으로 갈 수 없다는 것을 우리는 경험을 통해 배워가는 중이다. 기대했던 꽃길도 아니고 챔피언이 된 것도 아니지만 이렇게 서로에게 기대어 가다 보면 세상이라는 트랙도 함께 노련하게 달리는 날이 오지 않을까?

오랜 후, 트랙의 마지막 코너를 돌고 나면 언젠가 맞

이할 한 사람의 종착점, 순리의 시간. 먼저 떠날 상대에게 마지막 인사를 건넨다면.

"당신이 있어서 외롭지 않았어."

"잘 가."

"또 만나."

어느 시구처럼 "나는 진정 행복하였네라" 할 수 있다면. 그때는 지금은 감히 부르지 못하는 그 단어, 그 유의미한 값, 사랑으로 서로를 불러보기를 기대해본다.